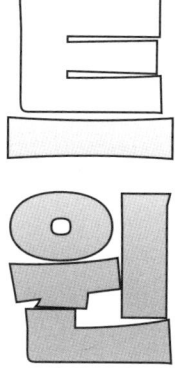

유진서
장편소설

위즈덤하우스

1

 새 학기. 내가 일 년 중 가장 싫어하는 기간. 세상의 모든 중학생은 이 기간을 대체 어떻게 보내는 걸까. 오늘은 3교시까지만 하고 집으로 돌아가지만 내일부터 자그마치 일 년을 이 교실에서 보내야 한다.

 나는 빠르게 교실 안을 훑었다. 아이들은 반 정도 차 있었고 몇몇 아이들은 시끄럽게 떠들었다. 반 배정은 이번에도 망했다. 아니, 결과는 애초부터 정해져 있었다. 작년에 전학 온 나는 이미 무리가 형성된 아이들 틈에서 겉돌며 지냈고 이 학교에는 친구라고 할 만한 아이가 한 명도 없었으니까.

 "안녕. 여기 자리 있어?"

 교실 문을 열고 들어온 아이가 내 앞자리에 앉은 아이에게 말을 걸었다. 저렇게 서슴없이 말을 걸 용기는 어디서 나오는 걸까.

 '저게 나한테 하는 말이었으면 좋겠다. 내가 저 자리에 앉을걸.

그러면 쟨 지금쯤 나한테 말했겠지?'

내가 무슨 생각을 하는지 알 리 없는 앞자리 아이가 과장된 밝은 목소리로 대답했다.

"아니, 앉아! 안녕? 내 이름은 이다정이야."

"나는 홍유진. 너 작년에 몇 반이었어?"

그렇구나. 둘의 이름은 다정이와 유진이구나.

'인사를 해 볼까. 아니야. 보통은 내 목소리를 잘 못 들으니까. 목소리가 작아서인지, 발음 때문인지 모르겠지만. 어깨를 건드려 볼까. 그러면 내가 있다는 걸 알 텐데.'

이야기를 나누며 서로를 탐색하던 둘 사이에서 호감 섞인 웃음이 떠올랐다. 기회는 날아갔다. 두 명 이상이 대화하는 도중에는 말을 걸기가 상당히 어려워진다. 타고나길 외향적인 아이들은 할 수 있을지 몰라도 나 같은 내향적인 아이에게는 거의 불가능한 일이다.

교실에선 그런 웃음덩어리가 열 개도 넘게 떠다녔지만 그중 내게 오는 것은 단 하나도 없었다.

'친구가 한 명이라도 있었으면. 내 속마음을 털어놓진 않더라도 같이 급식 먹을 친구가 한 명이라도 있었으면.'

수업 종이 울리자 괴로운 시간은 끝났다. 문이 열리고 젊은 남자 선생님이 들어왔다. 기껏해야 이십 대 중반에, 조금 잘생긴 것 같기도 하고……. 주변을 돌아보니 확실해졌다. 몇몇 여자아이들은 이미 사랑에 빠진 눈빛으로 선생님을 바라보고 있었다.

"애들아, 안녕. 이번에 2학년 6반을 맡게 된 장, 주, 혁, 이라고 한다. 과목은 수학이니 아마 자주 볼 거야."

선생님은 하얀 이를 드러내며 활짝 웃어 보였다.

"일 년 동안 잘 부탁한다! 자, 출석부터 부를 테니 큰 소리로 대답해 주길 바란다. 1번 고유한."

잠깐 정적이 흘렀다. 선생님은 아무렇지도 않게 다음 출석을 불렀다.

"2번 김영채."

"네."

뭐지? 1번은 그냥 넘어가잖아? 고유한? 하지만 금방 내 차례가 와 대답해야 했다.

"17번 양유주."

"네."

괜찮았나? 음 이탈도 안 났고 크기도 적당했고. 아이들이 평균적으로 내는 음에서 많이 벗어난 것 같지는 않았다. 나는 주머니에 손을 넣었다. 마이쮸 몇 개가 잡혔다. 아침 시간에 아이들에게 마이쮸를 주며 말을 걸 생각이었는데 막상 용기가 나지 않았다. 두 번째 기회는 조회가 끝나고 1교시 시작하기 전까지 남는 시간이다. 하지만 그 기회마저 놓쳤다. 나는 책상 앞에 가만히 앉아 하얗게 질린 얼굴로 핸드폰만 들여다보았다.

'안 돼, 핸드폰만 하면 아무도 내게 말을 걸지 않을 거야. 올해도 작년처럼 보낼 수는 없어. 새 학기잖아. 분명 모두가 친한 건

아닐 거야. 나 같은 애가 한 명쯤은 있겠지.'

　1교시가 끝나고 쉬는 시간에 나는 핸드폰을 내려놓고, 이미 많이 만지작거린 마이쮸를 누구에게 건넬까 주위를 둘러보았다. 생각보다 교실에는 아이들이 많지 않았다. 다들 1학년 때 반 친구와 복도에서 이야기하는 것 같았다.

　마침 교실로 들어온 아이가 보였다. 김영채. 작년에 나와 같은 반이었고, 무엇보다 지금은 혼자다. 나는 마이쮸를 내밀며 말을 걸었다.

　"영채야, 오랜만. 이거 먹을래?"

　영채는 깜짝 놀라 뒤로 물러났다. 마이쮸를 건네려던 팔동작이 위협적으로 느껴진 것 같았다.

　"어?"

　당황한 목소리. 그러고 보니 마이쮸는 처음 만난 아이에게만 주는 거였나? 영채는 원래 날 알고 있으니까…… 지금 이 행동은 좀 이상한가? 영채가 세균 묻은 휴지를 집듯이 포장지가 꾸깃꾸깃해진 마이쮸를 가져갔다. 그러고는 얼굴을 찡그리며 물었다.

　"근데…… 내 이름을 어떻게 알아?"

　'어?'

　당혹스러운 대치. 나는 몇 초간 영채 얼굴을 빤히 바라보았다.

　'설마 날 모르나?'

　아무리 2학기 때 전학 왔다고 해도 같은 반이었는데 얼굴조차 기억하지 못하는 건가? 마이쮸를 내밀 때부터 쿵쿵 뛰던 심장이

싸늘하게 멈춘 듯한 기분이 들었다. 동시에 목뒤에서부터 뜨거운 무안이 밀려왔다. 내가 머뭇대자 영채는 몸을 휙 돌리고 자리로 돌아가 이야기하던 아이들에게 다가갔다.

"다정아!"

"아, 영채야! 너 어디 갔다 왔어? 여긴 유진이래. 유진아, 얘는 김영채."

"안녕!"

아, 그렇구나. 영채에게는 원래 다정이라는 친구가 있었구나. 친구 한 명만 있으면 소개받기는 저렇게 쉽구나. 세 명은 통성명 하자마자 이야기에 빠져들었다.

영채는 정말 나를 모르는 걸까. 아니면 작년에 혼자 다녔던 나와 가까워지기 싫은 걸까. 이유가 어떻든 나에게는 더 이상 한 줌의 용기도 남지 않았다. 심장이 귀 옆에 달린 것처럼 쿵쿵거리는 소리가 크게 들렸다.

나는 힘없이 자리로 가 앉았다. 그리고 핸드폰을 들어 까만 화면에 비친 나를 보았다. 눈썹을 지나 눈을 가리는 머리카락, 아래로 내리깐 작은 눈에 자신 없고 우울한 표정. 누가 봐도 다가오기 힘들 것 같다. 앞자리에 앉은 이다정은 쾌활한 아이였다. 만약 내가 그랬다면…… 홍유진은 내게 말을 걸었을까?

'아까 영채에게 말을 걸었을 때 주변에 누가 있었지? 몇 명 정도가 나를 비웃고 기피 대상이라고 낙인찍었을까?'

교실에는 다시 아이들이 붙어나 무리가 생성되었다. 내게서 등을 돌리고 이야기하는 아이들은 마치 높게 세워진 벽 같았다. 그 안으로 들어가는 문은 삽시간에 닫혔다.

다음 쉬는 시간에 나는 몸을 일으켰다. 외톨이처럼 보이고 싶지 않았다. 정처 없이 발걸음을 옮기다 보니 복도 끝에 위치한 분리수거장에 도착했다. 쓰레기통에 버려신 마이쮸가 눈에 띄었다. 꾸깃꾸깃한 포장지 안쪽에 알맹이는 그대로였다. 영채가 버린 걸까? 우습게도 눈물이 나올 듯이 눈이 쏘였다. 몸을 돌리는데 계단 아래에서 몸을 가까이 붙인 커플이 보였다. 나도 아는 남자아이였다. 1학년 때부터 인기가 많았으니까. 여자아이는 얼굴을 찡그리고 나를 바라보았다. 갈색으로 염색한 머리카락에 고양이 같은 눈매, 한눈에 봐도 배우 같았다. 나는 몇 초 동안 서 있다가 정신을 차리고 발걸음을 돌렸다.

3교시밖에 안 되는 수업은 금방 끝났다. 나는 삼삼오오 모여 집에 가는 아이들을 지나쳐 학교에서 제일 가까운 아파트, 우리 집에 들어섰다.

비밀번호를 누르자 띠리릭, 문이 열렸다. 학기 첫날을 보내고 돌아오는 길은 언제나 끔찍하다. 엄마가 날 맞이할까 봐 긴장했지만 집은 적막 그 자체였다. 이제는 누가 있는지조차 구분할 수 없을 만큼 고요했다. 복도에 가방을 천천히 내려놓고 거실로 들어서자 엄마가 보였다. 숨소리조차 삼킨 채 굳게 닫힌 방문에 귀를 바짝 대고 있었다.

"엄……."

내가 입을 열기도 전에 엄마는 검지를 입술에 가져다 댔다. 난 입을 다물었다. 엄마를 이해했다. 엄마가 하루 종일 방문 앞에 앉아 무슨 소리라도 나지 않을까 귀를 곤두세우고 있다는 사실을 방 안에 있는 사람에게 들키면 안 될 테니. 그리고 학교는 어땠냐는 질문을 받는 것보다 이 상황이 훨씬 나았다.

나는 발뒤꿈치를 들어 소리를 내지 않고 내 방으로 들어갔다. 내일부터는 하루의 사 분의 일가량을 학교에서 보내야 할 텐데 그럴 자신이 없다. 울고 싶은데 이 적막한 집에서 울면 소리가 새어 나갈까 봐 두려웠다. 어차피 엄마는 방문 앞을 지키느라 관심도 없으려나.

깜빡 잠이 들었는지 방은 이미 어두워져 있었다. 머리가 아팠다. 밖에서 엄마와 아빠가 주고받는 대화가 드문드문 들렸다.

"유주는?"

"자던데. ……까 봐 그냥 뒀어."

"……는 좀 어때?"

"똑같지. 방에서 안 나와. 이제 기다리는 것도……."

"당신이 그냥 ……라고만 했어도 이 지경까진 안 됐을 거야."

"무슨? 처음에 ……한 건 당신이었잖아."

"어릴 때부터 …… 당연히 될 줄 알았지. 돈은 돈대로 날리고 저 지경이 될 줄 알았나."

이 년 전 언니가 방문을 닫고 스스로 고립된 순간부터 대화 패턴은 똑같았다. 엄마 아빠의 대화는 결국 말다툼으로 끝났다. 나는 손을 뻗어 핸드폰으로 시간을 확인했다. 오후 7시 17분. 배가 고팠지만 분위기가 냉랭한 거실에 나가기는 싫었다. 그렇다고 다시 잠들면 내일이 올 텐데. 나는 소리 없이 처절한 비명을 질렀다.

'내 인생은 어디서부터 잘못된 걸까. 이딴 인생은 싫어. 새로운 인생은 갓고 싶어.'

2

학교학교학교학교. 축 가라앉은 분위기를 뚫고 장주혁 선생님이 들어왔다.

"얘들아, 왜 이렇게 기운이 없어? 다들 기운 냅시다. 일주일 후에 반장 선거를 할 건데, 후보로 나올 사람?"

"저요."

앞자리에 앉은 여자아이가 손을 들었다. 어제 분리수거장에서 봤던, 고양이 같은 눈매를 가진 아이였다. 선생님이 이를 드러내며 웃어 보였다.

"31번 규리 접수."

"와, 쌤! 하루 만에 제 이름 외우신 거예요?"

규리가 생글거리며 받아쳤다. 저렇게 아무렇지도 않게 대화하는 능력은 다들 어디서 배우는 걸까. 선생님이 대답했다.

"그럼, 우리 반 학생인데 당연하지. 또 나올 사람 있어?"

"저요, 저요. 쌤, 제 이름도 알아요?"

"으음......."

선생님은 잠깐 고민하는 척하더니 시원시원하게 말을 이었다.

"30번 유진이 맞지?"

와아아— 아이들이 탄성을 질렀다. 주로 여자아이들이었지만. 난 속으로 뇌까렸다. 당연히 이름을 외운다고? 거짓말.

"나가고 싶으면 오늘 점심시간까지 쌤한테 말해 줘."

네에에— 하고 늘어지는 아이들의 목소리가 듣기 싫었다.

'살아남아야 해, 어떻게든.'

친구를 얻을 수 있는 기한은 길어 봤자 일주일이다. 그다음부터는 이미 무리가 생겨서 나 같은 애는 겉돌기 마련이다. 선생님이 나가자 나는 어제처럼 주위를 둘러보았다. 김영채와 이다정, 홍유진은 새로운 아이까지 끌어들여서 가장 이상적인 네 명의 무리를 완성했다.

'저럴 거면 어제 나한테는 왜…….'

다시금 억울한 감정이 밀려왔다.

'아니야. 쓸데없는 일에 감정을 소모하지 말자. 지금은 더 급한 일이 있잖아.'

혼자 있는 아이를 찾아야 했다. 마침 문 옆에 도수 높은 뿔테 안경을 쓴 아이가 보였다. 움츠린 자세를 보고 왠지 모를 동질감이 들었지만 한편으로는 다가가기 망설여졌다.

'쟤랑 같이 다니면 지금보다 더 무시당할지도 몰라. 기피 대상

끼리 같이 다닌다고.'
"안녕?"
난 깜짝 놀라 고개를 들었다. 규리였다. 반장 후보이자 누구나 친해지고 싶어 할 분위기를 가진 아이.
"난 황규리야. 넌?"
"양…… 양유주."
"우리 어제 분리수거장에서 봤지?"
규리가 생글생글 웃으며 물었다. 나는 더듬거리며 대답했다.
"미, 미안. 일부러 본 건……."
"알아. 화내는 거 아냐. 친해지고 싶어서 그래. 전화번호 줄 수 있어?"
"응!"
필요 이상으로 커진 내 목소리에 규리가 살짝 웃으며 핸드폰을 내밀었다. 눈앞에 벌어진 상황이 믿어지지 않았다.
내가 번호를 누르자 규리는 바로 통화를 눌렀다. 내 핸드폰에도 벨이 잠깐 울렸다. 규리가 말했다.
"황규리라고 저장해. 이따 내 친구들도 소개해 줄게."
"응, 그래! 고마워."
엉겁결에 고맙다는 말이 나왔다. 하지만 상관없었다. 정말로 고마웠으니까. 종이 울리자 규리는 자리로 돌아갔다.
1교시는 수학이었다. 장주혁 선생님은 온갖 물건이 잔뜩 담긴 수레를 끌고 교실에 들어왔다.

"첫 수업부터 우리 반이네. 시작이 좋아. 오늘은 모둠을 만들 거야. 그래야 서로에게 모르는 문제를 물어볼 수 있으니까. 처음 한 달은 쌤이 정해 줄 거고, 그 이후로는 여러분이 모둠원들을 정해도 된다!"

선생님은 티브이에 노트북을 연결해서 화면을 띄웠다. 수학 시간에 앉는 모둠 자리였다. 격자 모양 칸 안에 아이들 이름이 적혀 있었다. 나는 열심히 내 이름을 찾아 내려갔다. 뒤쪽에 양유주라고 적힌 자리가 눈에 들어왔다. 게다가 옆자리는 규리였다. 난 책과 필통을 끌어안고 자리를 옮겼다. 마음속에 희망이 움텄다. 이번 연도에는 나도 즐겁게 생활할 수 있을지 모른다. 자리에 앉자 규리가 날 보며 환하게 웃었다.

다음 쉬는 시간에도, 그다음 쉬는 시간에도 규리는 날 찾았다. 규리를 둘러싼 여자아이들도 내게 인사했다. 규리와 친한 남자아이들도 곁을 알짱거렸다. 내게 직접적으로 인사하진 않았지만. 어쨌든 내 주변에 이렇게 많은 아이가 모인 건 처음이었다. 점심시간이 되자 규리가 말했다.

"유주야, 다른 반 친구 데려올게. 잠깐 기다려 줄 수 있어? 걔도 소개해 줄게."

"응, 알았어."

규리는 친구들을 이끌고 반을 빠져나갔다. 뭔가 이상하다고 느낀 건 십오 분쯤 흘러서였다. 친구를 열 명도 더 데려올 시간이었으니까.

반에는 아무도 없었다.

'뭐지? 규리가 날 잊어버렸나?'

심장이 미친 듯이 뛰었다. 근원을 알 수 없는 이 불안감은 태어났을 때부터 내재되어 있었다. 비집고 올라올 틈이 조금이라도 있으면 거대해져서 날 짓누르곤 했다.

난 자리에서 일어났다. 차가워진 손은 땀을 가득 머금어 축축했고 가슴과 팔다리는 누가 찌르기라도 하는 것처럼 쿡쿡 쑤셨다. 복도를 지나며 다른 반을 슬쩍 들여다보았지만 남은 아이는 하나도 없었다. 나는 난간을 잡고 급식실로 내려갔다.

'규리와 친구들이 아직 줄을 서 있을지도 몰라. 아무렇지도 않게 앞에 가서 말하는 거야. 나 잊어버렸어? 하고. 탓하는 것처럼 보이면 안 되니까 살짝 웃어야지. 그러면 규리가 미안해하며 사과하겠지. 뭔가 착오가 있었다고. 다음부턴 절대로 날 잊어버리지 않을 거야…….'

규리기 보였다. 급식실에 친구들과 함께 앉아 있었다. 웃기도 하고 장난을 치기도 하면서. 나는 무엇에 홀린 듯 아이들을 바라보았다. 마치 그 자리에 낄 수 있을 것처럼, 한순간이라도 눈을 떼면 기회가 사라질 것처럼 열심히. 그들은 마지막까지 먹는 아이를 기다려 준 뒤 함께 자리에서 일어났다. 나는 그들과 마주치는 게 두려워 교실로 뛰어갔다. 우스워 보이고 싶지 않았다. 같이 급식 먹을 친구 하나 없어 규리를 찾으러 내려갔다는 사실을 들키고 싶지 않았다.

'규리를 마주치면 뭐라고 말할 건데? 날 잊어버렸냐고 말할 수 있어? 절대 못 해. 난…… 난 그런 애니까.'

수치심이 가시고 증오심이 끓어올랐다.

'어떻게 나한테 이럴 수 있어? 내 전화번호도 물어보고 친절한 말투로 이것저것 물어봤잖아. 내가 무슨 말을 할 때마다 상냥하게 웃어 줬잖아. 드디어 친구를 찾은 줄 알았는데…….'

나는 화장실로 도망쳤다. 맨 끝 칸에 들어가서 변기 위에 앉아 몸을 동그랗게 말았다. 가슴이 울렁거렸다. 복도가 소란스러워지더니 누군가 화장실로 들어오는 소리가 들렸다.

"아, 생선가스랑 아이스크림, 진짜 맛있었다."

규리였다. 목소리만 들어도 알 수 있었다.

"올해부터 영양사 바뀌었대. 좀 기대해도 될 듯."

규리의 친구 목소리. 내 얘기를 하지 않을까 해서 귀를 곤두세웠지만 그 애들은 시시껄렁한 얘기만 하다가 양치를 끝내고 나갔다. 난 떨리는 손으로 시간을 확인했다. 몇 분 후면 5교시가 시작된다. 나가야 한다. 내가 규리를 볼 수 있을까? 규리는 내게 뭐라고 말할까? 상상조차 할 수 없었다.

교실로 돌아오자 문 앞을 가로막고 다른 반 아이와 이야기하던 규리와 딱 마주쳤다. 규리가 눈을 동그랗게 뜨고 말했다.

"유주야, 어디 갔었어? 너한테 소개하려던 애가 얘야. 인사해."

난 고개를 들었다. 그때 분리수거장에서 본 규리의 남자 친구였다. 인사를 하기도 전에 종이 울렸고, 남자아이는 자기 반으로 돌아갔다. 규리는 교실 안으로 들어갔고 나도 얼떨결에 따라 들어가 자리에 앉았다. 급식을 안 먹어서인지 수업 내내 배에서 꼬르륵 소리가 울려 퍼졌다. 아이들이 소리의 근원을 찾을까 봐 불안해 어떻게든 막으려 했지만 내 의지로 되는 게 아니었다. 나는 대각선 앞자리에 앉은 규리의 뒤통수를 바라보며 몇 번이고 하고 싶은 말을 되뇌었다.

'왜 나 두고 밥 먹으러 갔어?'

그렇지만 다시 생각해 보니 규리는 내게 급식을 같이 먹자고 한 적이 없었다. 그러니 저렇게 물으면 얼마나 이상해 보일까. 차라리 아무 말도 하지 말고 내일 급식 먹을 때 자연스럽게 끼는 편이 나을지도 모른다. 자연스럽게.

3

 다음 날, 나는 다시 교실에 들어섰다. 규리는 교실 뒤편에 서서 여자아이들과 모여 깔깔거렸다.
 '어떻게든 규리에게 인사해야 해. 이대로 애매하게 멀어질 수는 없어. 하지만 어떡하지? 저 애들을 비집고 들어갈 수는 없어. 기분 탓인지 모르겠지만 다들 내게 등을 돌리는 것 같아.'
 생각에 몰두하다 그만 아이들 앞까지 다가간 줄도 몰랐다. 규리 친구 중 한 명이 몸을 돌리다가 어깨로 내 코를 쳤다.
 "아야!"
 그 애가 소리를 질렀다. 눈물이 날 정도로 아픈 건 난데, 소리만 들으면 그 애가 다친 것 같았다.
 "미, 미안해."
 나도 모르게 사과했다. 난 그 애의 말을 듣기도 전에 가운데 선 규리에게로 시선을 돌렸다.

"규…… 규리야, 안녕."

규리가 날 빤히 쳐다보았다. 어떤 악의도 없는 표정이었다. '왜 내게 인사를 하지?'라고 생각하는 듯한 의아한 표정. 이 정도면 충분하다고 합리화하며 나는 재빨리 몸을 돌려 자리로 돌아갔다. 하지만 마음속 깊숙이 알고 있었다. 규리가 내 인사에 답하지 않을까 봐 두려웠다는 것을. 그래서 답을 듣기도 전에 자리를 피했다는 것을.

다음 쉬는 시간에는 규리에게 말을 걸 기회가 없었다. 어제까지만 해도 매번 내 자리로 와 친한 척했던 규리는 교실에 없거나 드물게는 뒤편에서 시끄럽게 이야기하곤 했다. 철옹성 같은 아이들을 달고. 이제 진짜 혼자 있는 아이는 보이지 않았다. 다들 한 명씩 옆에 두고 어색하게나마 이야기를 나눴으니까.

마침내 점심시간을 알리는 종이 울렸다. 나는 누구보다도 먼저 자리에서 일어났다. 규리가 급식실로 향할 때 같이 갈 계획이었다. 하지만 규리는 교실 뒤쪽에서 아이들과 깔깔거리며 이야기할 뿐 나갈 생각이 없어 보였다. 내 앞뒤로 수많은 아이가 스쳐 지나갔고, 나는 계속 서 있기도 뭐해서 자리에 다시 앉았다. 하지만 뒤쪽을 보지 못해 마음이 불안했다.

'규리가 소리 없이 교실을 떠나면 어떡하지. 아니야, 저렇게 시끄럽게 떠드는데 교실을 나가면 분명 알 수 있을 거야.'

나는 아무것도 안 하고 자리에 앉아 있기가 뻘쭘해서 가방을 뒤지며 뭐라도 찾는 척했다. 가방에는 필통과 교과서 말고는 아무것도 없었다. 나는 필통에서 샤프를 꺼내 책상 위에 낙서를 했다. 낙서라고 해 봤자 직직 긋은 선이 전부였지만.

'차라리 눈 딱 감고 일어서서 저 애들 대화에 끼는 건 어떨까? 그러면 자연스럽게 같이 급식을 먹으러 갈 수 있을 거야. 아니야, 못 하겠어. 도저히 못 일어나겠어. 다들 나를 쳐다보고 비웃을 거야. 저 애들은 지금도 날 비웃고 있겠지. 이 넓은 교실에서 나만 혼자니까.'

"얘들아, 이제 슬슬 내려가자."

규리였다. 나는 반사적으로 뒤를 돌아보았다. 규리와 아이들이 교실 뒷문으로 나가고 있었다. 나는 재빨리 일어나 그 애들을 뒤따라갔다. 규리를 포함해 다섯 명인 무리는 서로 팔짱을 끼고 나란히 걸었다. 나는 그 뒤를 따라 걸었다. 다리가 걸리지 않도록 조심하면서.

급식실 줄은 꽤 길었다. 맨 뒤에 서 있는 동안 그 누구도 내게 말을 걸지 않았지만 마음은 편했다.

'이렇게 시작하는 거지. 적어도 쫓아내진 않잖아. 자연스럽게 곁에 앉는 거야. 그리고 옆에 앉은 애한테 말을 걸어 보자. 그게 규리면 좋겠지만. 어쨌든 오늘은 혼자가 아니야. 다른 애들도 그렇게 생각하겠지.'

긴 시간 기다린 끝에 마침내 식판을 손에 들었다. 옆에 선 아이는 조리사님이 음식을 퍼 줄 때마다 "감사합니다."라고 말했다. 나는 그럴 용기가 없어 속으로 인사했다.

오늘의 하이라이트 메뉴인 초코칩 머핀이 보였다. 크기도 커다랗고 냄새도 달콤했지만 수가 적어 보여 어쩐지 불안했다. 역시나 내 차례에서 딱 머핀이 동났다.

"잠깐만……."

조리사님이 머핀을 가지러 가느라 자리를 비웠다. 짧은 순간이었다. 나는 기다렸다가 머핀을 받고 몸을 돌렸다.

규리와 친구들은 어디에도 보이지 않았다. 머핀을 기다리던 그 짧은 순간에 아이들을 놓쳤다. 나는 무거운 식판을 들고 목적지 없이 멍하니 몇 걸음을 옮겼다. 인파에 밀려 안쪽으로 들어가 어떻게든 규리를 찾으려고 애썼지만 수백 명의 아이들이 가득 찬 급식실에서 규리를 찾을 수가 없었다. 가끔씩 얼굴만 아는 애들이 보였지만 자기들끼리 삼삼오오 모여 앉아 이야기하며 밥을 먹었다. 그 넓은 공간에서 내게 허용된 자리는 어디에도 없었다.

나는 곧장 퇴식구로 걸어갔다.

'혼자 급식을 먹으면 나 정말 낙오자가 되는 거야. 차라리 안 먹는 게 나아.'

눈물이 가득 고였다. 숨이 잘 쉬어지지 않았다. 순간 흐릿해진 시야 사이로 한 남자아이가 보였다. 그 애도 혼자 밥을 먹고 있었다. 누군가 공들여 빚은 도자기처럼 섬세한 얼굴에 진한 눈썹과 또렷한 눈동자가 눈에 띄었다. 나는 멍하니 그 애를 바라보다가 급식 지도를 하던 장주혁 선생님과 마주쳤다.

"뭐야, 너 밥 다 먹은 거야? 하나도 안 먹은 것 같은데."

"다 먹었어요……."

난 가까스로 대답했다.

'설마 선생님도 내 이름을 모르는 건가?'

선생님이 고개를 저으며 말했다.

"다음부턴 조금만 담아. 이런 잔반이 지구를 오염시키는 거다."

나는 대충 고개를 끄덕이곤 자리를 벗어났다. 잔반 처리대로 떨어지는 커다란 초코칩 머핀이 날 저주하는 것만 같았다.

그날 저녁, 나는 엄마 아빠와 저녁을 먹었다. 두 사람 모두 내가 학교에서 어떻게 생활하는지 아예 관심이 없었다. 엄마 아빠는 언니에 대한 책임을 서로 미루는 것 외엔 대화를 나누지 않았다. 정적이 계속되자 먹은 음식이 얹힐 것 같았다. 엄마 아빠는 아무 말 없이 동시에 자리에서 일어났고 식사는 그렇게 끝났다.

밤이 되어 나는 텅 빈 방에 혼자 앉아 있었다.

'내일 또 학교에 가야 돼.'

의식하지 못하는 새 눈물이 고였다. 기피 대상으로 낙인찍히면 아무도 그 애와 다니려 하지 않는다. 눈물을 꾹 참으니 머리가 깨질 것처럼 아팠다. 작년에도 몇 번 이런 적이 있었다.

'진통제, 진통제.'

나는 눈물을 쓱쓱 닦고는 어두운 거실로 나갔다. 벽에 걸린 시계가 밤 11시 40분을 가리켰다. 식탁 위에 초록색 캡슐형 알약이 보였다. 나는 약을 입에 넣고 물을 한 모금 삼켰다.

'아, 어지러워.'

거짓말이 아니었다. 너무 어지러워 제대로 중심을 잡을 수조차 없었다. 나는 휘청거리며 방에 들어가 침대 위에 쓰러졌다.

'엄마…….'

목소리도 나오지 않았다. 순식간에 눈앞이 어둠으로 휩싸였다.

4

"유주야! 일어나!"

"으음······."

나는 비몽사몽간에 눈을 떴다.

'엄마인가? 엄마는 날 깨워 주지 않는데······.'

집 안에 맛있는 냄새가 진동했다. 나는 천천히 일어나 세수하러 화장실로 향했다.

'문 색깔이 원래 저랬던가?'

우리 집 문은 나이테가 그려진 짙은 갈색인데, 눈앞에 보이는 문은 고딕풍의 크림색이었다. 나는 이상하다고 생각하며 물을 틀고 세수를 했다. 정신이 들며 시야가 맑아졌다.

'어?'

거울 속에는 나와 정반대인 여자아이가 있었다. 검은빛이 도는 구불구불한 머리카락에 맑은 피부, 나비 같은 속눈썹 아래 별빛을 담은 듯한 커다란 눈동자. 게다가 딱 보기 좋을 정도로 마른 체형이다.

'이건 내가 아니야.'

붙박인 듯이 서서 거울 속 아이를 바라보았다. 나는 이렇게 생기지 않았다. 그 사실은 내가 제일 잘 알고 있다. 하지만 몇 분 정도 그렇게 쳐다보고 있으니 어딘가 날 닮은 구석이 있는 것도 같았다.

"유주야, 학교 늦겠다. 얼른 나와!"

엄마 목소리가 다시 들렸다. 나는 멍한 기분으로 문을 열고 나갔다. 인테리어는 다르지만 집 구조는 똑같았다. 물건이 아무렇게나 놓여 있는 우리 집과는 다르게, 깔끔한 검은색 소파와 벽에 걸린 그림이 보였다.

엄마는 부엌에서 앞치마를 입은 채 요리를 하고 있었다. 나는 식탁 위를 보고 냄새의 근원이 산처럼 쌓인 유부초밥이라는 것을 알았다.

'내가 제일 좋아하는 음식인데.'

엄마는 아침마다 유부초밥을 만들어 주곤 했는데, 언니가 방 안에 고립된 후로는 한 번도 먹어 본 기억이 없다.

엄마가 내게 고개를 돌리고 외쳤다.

"앉아서 먹어. 여보! 회사 늦겠어."

내가 멍한 얼굴로 의자에 앉자 아빠가 나타났다. 아빠의 외모는 나처럼 크게 다르진 않았다. 진짜 다른 건 표정이었다. 아빠는 늘

지치고 괴로운 표정이었는데 지금은 자신감 넘치고 즐거워 보였다. 아빠가 싱글싱글 웃으며 내게 말을 걸었다.
"유주야, 학교 갈 생각하니까 어때? 떨리지?"
"모, 모르겠어요……."
"우리 딸이 왜 생전 안 쓰던 존댓말을 하고 그럴까? 실나, 용돈 달라는 뜻인가?"
아빠가 양복 주머니를 뒤적거리더니 오만 원을 꺼내 나에게 건넸다. 나는 지폐를 빤히 쳐다보다가 두 손으로 받았다. 엄마가 자리로 오며 타박을 했다.
"어머, 얘 어제 용돈 받았어."
"아이고, 원래 학기 시작하면 돈 쓸 데가 많은 법이야. 유주야, 친구들 아이스크림도 사 주고 그래. 알았지?"
나는 고개를 끄덕였다. 엄마가 말했다.
"유주야, 새 학기 첫날인데 정신 차려야지."
"오늘이…… 새 학기 첫날이라고요?"
엄마 아빠가 걱정스러운 눈길로 서로를 마주 보았다. 나는 유부초밥을 입에 욱여넣고 벌떡 일어났다. 뭔가 이상했다. 부모님은 이렇게 다정하지 않은데. 마치 꿈을 꾸고 있는 기분이었다.
'그래, 꿈!'
어제 진통제를 먹고 잠든 것이 생각났다.
'이건 꿈이구나.'
"유주야, 괜찮아?"

"괜찮아요."

나는 유부초밥을 우물거리며 교복을 입으러 방에 들어갔다. 책상 위에 깔끔하게 정리된 화장품들이 보였다.

'꿈속의 나는 화장도 하나 봐. 규리도 화장을 한 것 같았는데. 걔는 안 해도 예쁘겠지만.'

나는 망설이다 틴트 하나만 집어서 입술에 발랐다. 그 밖에도 다양한 화장품이 있지만 어떻게 쓰는지 몰랐다. 거울에 비친 나는 생기 있고 아름다워 보였다.

아빠는 준비를 마친 나를 교문 앞까지 데려다주었다. 내가 차에서 내릴 때 파이팅이라며 주먹을 쥐어 보이는 것도 잊지 않았다. 나는 천천히 교문을 지나 교실에 다다랐다.

'2학년 6반. 꿈속에서도 똑같아.'

나는 심호흡을 한 번 하고 교실로 들어갔다. 모여서 이야기하는 아이들도 있고, 혼자 있는 아이들도 있었다. 이상하게 새 학기가 현실만큼 무섭지 않았다. 어쩌면 이게 다 꿈일 뿐이라고 생각해서 그럴지도 모른다. 나는 무의식적으로 교복 주머니에 손을 넣었다. 마이쮸, 마이쮸가 잡혔다. 하지만 마이쮸를 별로 좋아하지 않던 영채가 떠올랐다. 문득 이런 생각이 들었다. 영채는 마이쮸를 싫어한 게 아니라, 작년에 혼자 다녔던 내가 싫었던 건 아닐까.

그때 등 뒤에서 인기척이 느껴졌다. 고개를 돌리자 처음 보는 귀여운 여자아이가 눈에 들어왔다. 동그란 단발에 나처럼 틴트만 가볍게 발랐다. 나는 생각을 거칠 새도 없이 살짝 웃으며 말했다.

"앗, 미안. 문을 막고 있었네."

"괜찮아."

여자아이 역시 생글생글 웃으며 답했다. 나는 깜짝 놀라 돌처럼 굳었다.

'뭐시? 방금 내가 말한 건가? 목소리도 적당했고 긴장한 티도 안 났어. 게다가 처음 보는 아이한테 아무렇지도 않게 말했고. 나에게 이렇게 웃어 주는 아이는 처음이야.'

나는 교실 안쪽으로 걸어가며 말했다.

"난 양유주야. 넌 이름이 뭐야?"

마치 머리와 입이 따로 움직이는 것 같았다. 나에게 대화를 이어 나갈 능력까지 있다니! 하지만 내 입에서 나오는 말이 내 머리와 완전히 분리된 건 아니었다. 하고 싶은 말을 할 수 있는 용기가 생겼을 뿐이다.

여자아이가 날 따라오며 대답했다.

"나는 한별이야. 성이 한이고 이름이 별."

"별이? 이름 예쁘다. 우리 전화번호 교환할래?"

"좋아."

나는 핸드폰을 내밀었다. 별이가 생글거리며 번호를 눌렀다.

'이렇게 웃어 주니까 말을 편하게 할 수 있는 것 같아. 그렇지만 얘도 현실의 나에게는 웃어 주지 않겠지? 지금 나는 누가 봐도 친해지고 싶은 인상이야. 규리만큼 예쁘고 규리보다 훨씬 다정하니까.'

내가 무슨 생각을 하는지 알 리 없는 별이가 말했다.

"작년에 복도에서 본 이후로 쭉 친해지고 싶다고 생각했어."

"작년에 나를 봤어?"

내 물음에 별이가 고개를 끄덕였다.

"응. 그런데 항상 친구들에게 둘러싸여 있어서 말을 못 걸었어. 내가 조금 소심하거든."

"별이 네가 진짜 소심한 애를 못 봤구나. 진짜 소심한 건 나야."

나는 웃으며 말했다. 별이가 의아스러운, 그러나 여전히 웃는 얼굴로 날 보았다.

"그래? 전혀 아닌 것 같던데. 나는 너같이 인기 많은 애는 처음 봤어."

'아차, 이곳의 나는 현실과 다르지.'

꿈속 나는 작년에 친구가 많았던 모양이다. 그때 뒤에서 누군가 달려와 나를 끌어안았다.

"양유주! 왔으면 왔다고 메시지 보내야지! 내가 얼마나 기다렸는지 알아?"

나는 예상치 못한 포옹에 얼어붙었지만 고개를 돌려 등에 매달린 아이를 바라보았다. 나와 친한 것 같았지만 나는 그 아이가 낯설었다. 머리를 동그랗게 말아 올린 아이는 별이와 나보다 화장이 진했다.

"안녕, 난 별이야."

내가 입을 열기도 전에 별이가 말했다. 역시 소심하다는 얘기는 거짓말 같았다. 나였으면 먼저 인사하는 건 꿈도 못 꿨을 텐데. 새로운 아이가 환하게 웃으며 말했다.

"와, 너 완전 귀엽다. 난 라희야!"

라희. 묻기 전에 이름을 알게 돼서 다행이었다. 이름을 물었으면 분명 닐 이상하게 봤을 터였다.

종이 울렸다. 별이는 내 옆자리에, 라희는 앞자리에 앉았다. 선생님이 들어왔다. 이십 대, 어쩌면 삼십 대처럼 보이는 남자였는데 어깨는 구부정하고 머리는 덥수룩했다. 선생님은 칠판 구석에 이름을 쓰더니 인사도 없이 고개를 푹 숙이고 출석부를 펼쳤다.

'장주혁!'

현실의 선생님과 이름이 똑같았다. 그러나 똑같은 건 이름밖에 없었다. 백팔십 센티미터가 넘고 언제나 이를 드러내며 웃는 현실과 다르게 꿈속의 장주혁은 키도 작고 표정도 어두웠다. 어쩌면 잔뜩 움츠러든 자세 때문일지도 모르겠다. 선생님은 잘 들리지 않는 목소리로 이름을 불렀다.

"1번 고유한."

대답은 없었다. 다시 의문이 들었다. 현실에서도 고유한은 출석에 답하지 않았고, 그 아이의 자리는 언제나 빈자리였다. 마치 행정상에만 존재하는 아이처럼. 그러나 아무도 궁금해하지 않았다.

선생님은 이어서 출석을 불렀고 나는 17번이었다. 현실과 똑같지는 않았지만 생각보다 겹치는 이름이 많았다. 마침내 마지막 순서가 되었다.

"31번 황규리."

"……."

"황규리?"

"……네."

난 반사적으로 고개를 돌렸다. 구석진 자리에 앉은 아이가 보였다. 한 달은 감지 않은 듯한 갈색 머리에 윗머리는 검은색이었다. 고개를 푹 숙여 얼굴도 잘 보이지 않았다. 순간 규리가 현실의 나처럼 느껴졌다.

'쟤가 규리라고?'

내가 아는 황규리는 저런 애가 아닌데. 그렇지만 나도 이렇게나 달라졌는걸. 선생님이 왔을 때와 똑같이 아무 말 없이 나가 버리자 나는 곧장 규리에게로 다가갔다.

"안녕!"

신기했다. 인사하는 것이 쉬워졌다. 규리는 깜짝 놀란 얼굴로 나를 바라보았다. 그러더니 더듬거리는 목소리로 말했다.

"아, 안녕……."

뭐라고 말하지? 어떻게든 규리에 대해 더 알고 싶었다. 꿈속 규리는 어떻게 사는지 궁금했다. 외모가 달라도, 자신감이 없어도 여전히 인기 많은 아이로 살고 있을까? 규리의 책상 위에 캐릭터 필통이 보였다.

"와, 너도 아니토끼 좋아해?"

규리가 고개를 끄덕였다. 웃지는 않았다. 얼굴이 이상하게 일그러졌다.

'뭐지? 날 싫어하나?'

나는 조금 당황했지만 이내 평정심을 찾았다.

"나는 티니가 제일 좋아. 베이지색에 파란색 리본 조합 너무 예쁘시 않아?"

규리는 말없이 고개만 끄덕였다. 얼핏 "응, 응." 소리가 들렸는데, 아무런 의미 없는 추임새 같았다. 나랑 이야기하기 싫은가 하는 생각도 했지만 어떻게든 규리와 대화하고 싶었다.

"넌? 누가 젤 좋아?"

규리가 뭐라고 웅얼거렸는데 잘 들리지 않았다.

"뭐라고? 잘 못 들었어."

"……다."

규리가 말했다. 나는 더 이상 무슨 말을 해야 할지 몰라 규리를 바라보기만 했다. 규리는 나와 이야기할 의지조차 없는 것 같았다. 그때였다.

"유주야, 화장실 가자."

라희가 다가와 내 팔짱을 꼈다. 엉겁결에 라희에게 이끌려 교실 밖으로 나갔다. 나는 고개를 돌려 규리를 보려고 애썼다. 그런데 라희가 작은 목소리로 말했다.

"뭐 하는 거야?"

"응? 뭐가?"

"왜 쟤한테 말 걸어?"

나는 영문을 모른 채 라희를 바라보았다.

"같은 반 친구잖아."

라희가 한숨을 내쉬었다.

"작년에 혼자 다니는 거 못 봤어? 저런 애한테 말 걸면 자기랑 다닐 줄 안다고."

가슴이 욱신거리며 아팠다. 저런 애라니. 자기랑 다닐 줄 안다니. 현실의 규리 친구들도 날 저렇게 생각했을까? 난 아무렇지도 않은 척 웃으며 고개를 끄덕였다.

"어차피 나 싫어하는 것 같아. 제대로 대답도 안 해."

"그래? 다행이네. 이제 별이한테 가자."

라희가 경쾌한 발걸음으로 뒤돌아 사라졌다. 나는 힘없이 교실로 향했다. 별이와 라희가 깔깔거리며 이야기하다 내게 손짓했다.

그때 누군가 내 앞을 막아섰다. 규리였다. 규리는 엉거주춤한 자세로 서 있었는데 꽤나 위협적으로 보였다.

"······피로리."

"어?"

나는 당혹감을 느끼며 한 걸음 물러섰다. 규리가 말을 이었다.

"난······ 피로리가 제일 좋아."

"응? 아······."

나는 무슨 말인지 몰라 제대로 말을 잇지 못하고 규리를 빤히 쳐다보았다. 규리의 뺨이 점점 붉어지더니 곧 울 것 같은 표정을 지었다. 규리는 휙 돌아서서 자리로 갔고, 나는 고개를 갸우뚱거리며 별이와 라희에게로 갔다.

"쟤가 너한테 뭐라고 한 거야?"

별이가 물었다. 나는 어깨를 으쓱였다.

"모르겠어."

대부분의 수업은 오리엔테이션이라 금방 끝났다. 나는 쉬는 시간마다 별이와 수다를 떨었는데 알면 알수록 마음에 드는 아이였다. 별이는 아이돌 노래 듣기를 좋아하고 디자인과에 가는 것이 꿈이라고 했다. 화요일, 목요일에는 미술 학원에 가는데 한번 놀러오라는 말도 잊지 않았다.

집에 가는 길에 나는 아빠 말대로 별이와 라희에게 아이스크림을 사 주었다. 아이들과 헤어지고 소품 가게를 지나는데 벽면에 붙은 아니토끼 스티커가 보였다. 아니와 티니가 가운데를 차지하고 나머지 캐릭터들이 옆으로 늘어섰다. 그중 까만 토끼가 눈에 띄었다. 묘하게 못생기고 눈에 띄지 않아 그 누구에게도 인기가 없는 비운의 캐릭터 피로리! 까만 토끼의 이름이었다. 그제야 나는 규리가 한 말이 뭐였는지 깨달았다. 어느 캐릭터를 제일 좋아하냐는 질문에 대한 답이었다.

'나와 어떻게든 대화를 이어 가려고 생각하고 또 생각했겠지.'

그러나 달라지는 건 없었다. 규리가 이 정도로 추락한 것에 대해 비틀린 즐거움마저 들었다. 적어도 이곳의 나는 그런 규리를 보며 마음껏 비웃을 수 있었다.

비밀번호를 누르자 띠리릭, 문이 열렸다.

"왔어?"

엄마가 환한 웃음을 지으며 나를 맞이했다. 문득 언니는 어떻게 되었을까 하는 생각이 들었다. 현실의 엄마는 언제나 방문을 지키고 서 있었다. 꿈속에는 언니가 없는 걸까? 눈앞에 언니의 방문이 보였다. 그 문은 현실에서처럼 굳게 닫혀 있었다. 나는 홀린 듯이 한 걸음 옮겨 방문 앞에 섰다. 그때 엄마가 나를 불렀다.

"유주야!"

나는 부엌으로 걸어갔다. 식탁에 놓인 접시에서 맛있는 냄새가 났다.

"엄마가 로제떡볶이 했어."

나는 엄마의 표정을 살폈다. 표정을 숨기고 있는 건지, 정말로 아무 일도 없는 건지 애매했다. 확실한 건 이상한 기류는 느껴지지 않았다.

아빠가 퇴근하고 우리는 저녁을 먹었다. 현실과 다르게 나는 존댓말 대신 반말을 했는데, 처음엔 어색했지만 몇 번 입 밖으로 내뱉어 보니 익숙해졌다. 아빠는 회사에서 안 쓰는 빔 프로젝터를 받아 왔다며 함께 코미디 영화를 보자고 했다. 나는 엄마 아빠와 언제 그랬는지 기억도 안 날 만큼 오랜만에 깔깔 웃었다. 얼마나 즐거운지 꿈이라는 것을 잊을 정도였다.

시간은 금방 흘렀다. 나는 세심하게 꾸며진 방에 앉아 밤 11시를 가리키는 시곗바늘을 노려보았다.

'어쩌면 이건 꿈이 아닐지도 몰라.'

심장이 빠르게 뛰었다. 내 심장 소리가 들릴 정도였다. 그렇지만 박동은 천천히 잦아들었다. 꿈은 욕망의 세계. 나는 그 세계 한가운데에 있었다. 졸음이 밀려왔다. 그리고…….

5

 나는 눈을 떴다. 익숙한 천장이 보였다. 몸을 더듬자 적당히 살집이 있고 전혀 아름답지 않은 팔뚝과 허벅지가 잡혔다. 나는 벌떡 일어나 알람을 끄고 화장실로 달려갔다. 어젯밤 그 모든 일은 정말로 꿈이었나? 나는 내가 알던 모습으로 돌아왔다. 거울 속 못생긴 여자아이가 나를 비웃듯이 쳐다보았다.
 거실로 나갔지만 엄마 아빠 모두 보이지 않았다. 나는 시리얼 봉지를 뜯었다. 투두둑 투두둑. 그릇에 시리얼 부딪히는 소리가 들렸다. 문득 정신이 들어 아래쪽을 보니 시리얼이 넘쳐 바닥에 쏟아졌다. 바닥을 치우자 먹을 시간은 안 되어 서둘러 집을 나섰다.
 책상에 앉아 아무것도 하지 않고 멍하니 있으니 악몽 같은 기억이 서서히 되살아났다.
 '난 친구가 없어.'
 다들 무리가 있는데 나는 혼자였다. 의자에 가만히 앉아 있는 애도 나밖에 없었다. 모두의 시선이 날아와 박히는 기분이 들었다. 피해망상일까? 견딜 수 없을 만큼 괴로웠다.

"얘들아, 1교시 체육관에서 한대."

누군가의 목소리가 들렸다. 나는 칠판 옆에 붙은 시간표를 바라보았다. 1교시는 체육이었다. 당연하지만 나와 함께 체육관에 가려는 애는 없었다.

'그냥 이대로 안 가면……'

그럴 수는 없다. 출석을 부르면 17번이 안 온 걸 알 테고 그러면 부모님께 연락이 갈 테니까. 나는 힘없이 발걸음을 옮겼다. 체육관 문을 들어서는데 때마침 수업 시작 종이 울렸다. 이미 대열을 맞춰 선 아이들의 시선이 나에게로 쏠렸다. 나는 차라리 사라지고 싶은 기분으로 그들을 향해 뛰었다.

체감상 이십 분도 안 되어 수업이 끝났고, 선생님은 남은 시간 동안 자유롭게 보내라고 했다. 아직 무리가 완전히 형성되지 않은 여자아이들이 한데 모여 떠들었고, 점점 불어나 열 명 이상이 큰 원을 만들었다. 물론 그 중심에는 규리가 있었다. 꿈에서 봤던 것과는 백팔십도 다르게 인기 많은 규리였다.

규리 무리 말고도 두세 명씩 떨어진 무리가 점점이 있었지만 나를 받아 줄 곳은 없어 보였다. 나는 그 어디에도 끼지 못했다. 숨 막히는 기분을 느끼며 주위를 둘러보았다. 코트 아래에서 농구를 하는 남자아이들이 보였다. 그들 중에서도 혼자인 아이는 없었다. 나는 마지막 구원을 청하는 기분으로 규리에게 시선을 던졌다. 규리는 아이들 열댓 명과 마피아 게임을 하려는지 마피아가 두 명이어야 한다, 세 명이어야 한다 따위 열변을 토하느라 바빴다. 그러나 다른 아이들은 안 그런 척하면서 나를 주시했다. 내가 이 넓은 체육관에서 자유 시간을 같이 보낼 친구 한 명 없이 혼자라는 사실을 자신들의 머리와 가슴에 새기고 있었다.

나는 그 시선을 견디며 계속 서 있을 수 없었다. 최후의 수단은 화장실로 피하는 것이었다. 체육 선생님은 몇몇 아이들에게 둘러싸여 있었다.

"선생님."

긴장해서 그런지 목소리가 갈라졌다. 선생님 옆에서 재잘거리던 애들이 입을 딱 다물고 나를 바라보았다. 내가 옆에 있으면 말도 안 하겠다는 거구나. 선생님이 나를 돌아보았다.

"왜?"

"저, 화장실 좀 갔다 와도 되나요?"

"갔다 와, 갔다 와."

선생님은 귀찮다는 듯이 손을 휘저었다. 조금 전까지 붙어 있던 아이들에게 하던 것과는 확연히 다른 태도였다. 나는 볼이 뜨거워지는 것을 느끼며 체육관에서 나왔다. 속이 울렁거렸다.

'반 전체가 나를 기피 대상으로 낙인찍었을 거야.'

급식실에서 규리를 따라가다가 놓친 것도 모자라 이야기할 친구 한 명 없어서 혼자 있는 꼴을 모두에게 보였으니. 별이와 라희가 이 자리에 있다면 나는 혼자가 아닐 텐데. 갑자기 눈물이 날 것 같았다.

그 순간, 눈앞에 하늘색 명찰이 툭 떨어졌다. 나는 손을 뻗어 명찰을 주웠다.

'고유한?'

행정상에만 존재히는 아이. 명찰이 떨어진 줄도 모르고 걷는 남자아이가 보였다.

"저기."

나는 남자아이를 불렀다. 그러나 그 애는 돌아보지 않았다. 그냥 명찰을 두고 갈까 생각했지만 한 번도 모습을 드러내지 않은 고유한이 어떤 아이일까 궁금했다. 나는 뛰어가 남자아이의 어깨를 두드렸다. 남자아이가 고개를 돌렸다.

'어?'

이 아이를 본 적이 있었다. 급식실에서 혼자 밥을 먹던 그 아이였다. 그때처럼 진한 눈썹 아래 또렷한 눈동자가 나를 꿰뚫을 것처럼 쳐다보았다.

"이…… 이거 떨어졌어."

나는 명찰을 들어 보였다. 남자아이가 손을 내밀었다. 나는 그 애의 손바닥에 명찰을 올렸다.

"고마워."

고유한이 조용한 목소리로 말했다. 그러고는 뒤돌아 걷더니 순식간에 사라졌다. 언뜻 보면 복도 사이로 간 것 같았지만 어디에서도 그 애를 찾을 수 없었다.

문득 고유한은 학교에 안 나오는 게 아니라, 있는데 안 보이는 것일지도 모른다는 생각이 들었다.

6

 아무도 없는 교실에 나는 혼자 앉아 있었다. 오 분 전까지는 세상에 이런 소음이 있다니 생각할 정도로 시끄러웠는데, 지금은 사람은커녕 쥐 새끼 한 마리 없이 고요했다.
 '언제부터 이렇게 된 거지?'
 나는 책상에 고개를 파묻고 엎드렸다. 아이들에게 말을 걸어 봤지만 이제는 부정할 수 없었다. 나는 기피 대상이었다. 아이들은 나와 같이 다니기조차 꺼릴 것이다. 나와 같이 다니는 애는 누구든지 또 다른 기피 대상이 될 테니까.
 '쟤는 왜 양유주랑 다닌대? 쟤도 무슨 문제 있는 거 아냐?'
 작년에 들었던 말들이 온종일 머릿속에서 울려 댔다.
 지금은 점심시간. 친구가 없는 내게 주어지는 가장 끔찍한 시간이다. 나는 배가 고팠지만 급식실로 갈 수가 없었다. 대신 규리의 빈자리를 바라보았다. 규리는 반장이 되었다. 그리고 내가 혼자

다니면 말을 걸곤 했다. 자주는 아니었다. 하루에 한 번도 안 거는 날이 많았다. 반면에 내가 조금 더 말을 붙이면 갑자기 바쁘다며 자리를 떠나 버렸다. 그렇지만 난 규리가 말을 걸 때마다 심장이 뛰었다. 적어도 그때만큼은 혼자가 아니었으니까.

오후에는 전부 교실 수업이라 좀 나았다. 자리에만 가만히 앉아 있어도 크게 티 나지 않았다. 나는 종례가 끝나자마자 학교에서 빠져나왔다.

"왔어?"

꿈속에서 봤던 엄마가 웃으며 나를 맞이했다. 나는 고개를 흔들었다. 눈을 뜨자 그곳에는 방문에 귀를 대고 무슨 소리라도 들리지 않을까 절절매는 현실의 엄마가 있었다. 나는 발뒤꿈치를 세워 걸었다. 엄마는 나를 쳐다보지도 않았다.

'왜 그 꿈은 다시 꾸지 않는 걸까.'

지난 며칠 동안 나는 다시 그 세계에 갈 수 있지 않을까 하는 희망을 품고 잠에 들었다. 하지만 그런 꿈은 꾸지 못했다. 대신 모두가 나를 둘러싸고 비웃거나 욕하는 악몽만 꾸곤 했다.

언니 방문을 지키던 엄마는 정확히 오후 5시가 되자 일어나서 부엌으로 향했다. 정해진 시간에 정해진 방향으로 이동하는 게임 속 NPC 같았다.

"유주야, 밥 먹어."

나는 천천히 걸어가 식탁 앞에 앉았다. 수저는 내 앞에만 놓여 있었다.

"엄마는?"

"엄마는 이따 먹을 거야."

나는 더 이상 말하지 않고 밥을 먹었다. 엄마는 달그락거리는 소리를 내며 쟁반을 꺼냈다. 그리고 정성껏 담은 반찬 그릇을 쟁반 위에 올렸다. 건강에 안 좋은 음료수를 대체하는 콤부차도 잊지 않았다. 이 년째 반복되는 일상이었다. 엄마는 쟁반을 들고 복도를 걸었다. 이 년 사이 몸이 가냘파진 엄마는 당장이라도 쓰러질 듯 위태위태해 보였다. 언니의 방문 앞에 쿵, 하고 쟁반을 놓는 소리가 들렸다.

"유영아, 밥 먹어."

엄마 목소리가 들렸다. 최대한 아무렇지 않은 척하는 목소리였다. 엄마는 다시 복도를 걸어 나왔다. 식탁에 앉으면 언니의 방문은 보이지 않았다. 몇 분 후에 방문이 열리고 쟁반을 가져가는 소리가 들렸다. 엄마는 고개를 돌려 쳐다보고 싶은 유혹을 뿌리치는 듯했다. 언니의 얼굴을 못 본 지 오래됐으니 그런 유혹을 느낄 만도 했다. 하지만 엄마는 고개를 돌리지 않았다. 방문이 닫히는 소리가 들렸다.

'내일 또 학교를 가야 돼.'

시계를 보니 자정이었다. 영양가 없는 짧은 영상을 몇 개 본 것뿐인데 벌써 시간이 이렇게 되다니. 나는 침대에서 일어나 방 안을 서성였다. 내일 학교에 안 가는 방법. 첫째, 꾀병을 부린다. 이

건 작년에 꽤 써먹은 방법이다. 내가 조퇴하거나 결석할 때마다 엄마 얼굴은 점점 더 상했다. 어쩌면 나도 언니처럼 될지 모른다는 생각을 한 걸지도. 나는 학교에 잘 적응하고 있다고 엄마를 속여야 했다. 그건 어렵지 않았다. 문제를 일으키지 않고 쥐 죽은 듯이 있으면 엄마는 내가 잘 적응하고 있다고 생각했으니까. 둘째, 그냥 지금 이대로…….

"도망쳐 버린다."

너무 골몰한 나머지 입 밖으로 말이 튀어나왔다. 그렇지만 내겐 도망칠 곳이 없었다. 꿈속이면 모를까.

'그래, 꿈속! 내가 왜 그 생각을 못 했지?'

심장이 빠르게 뛰었다. 나는 어떻게든 그 꿈을 꿔야 했다. 그날 밤의 모든 행동을 되짚어 봤다. 나는 다음 날 학교를 가야 한다는 생각에 눈물을 참고 있었다. 좋아, 거기까지는 지금과 완전히 똑같았다. 눈물을 참으려고 하자 머리가 깨질 것처럼 아팠고, 그다음에…… 진통제!

생각해 보니 진통제가 놓인 곳이 좀 이상했다. 약들은 보통 선반에 보관해 두었으니까. 내가 먹은 건 일반적인 진통제가 아닌 것 같았다.

'그 약을 먹으면 꿈속으로 가는 걸까?'

나는 방에서 나와 식탁으로 향했다. 어두워서 앞이 잘 보이지 않았다. 식탁을 손으로 더듬었지만 아무것도 없었다. 나는 핸드폰 플래시를 켜고 엎드려 바닥을 살펴보았다. 선반 아래에 투명한 약통이 보였다. 누군가 약통을 쳐서 떨어뜨리는 바람에 거기까지 굴러간 것 같았다. 나는 손을 뻗어 약통을 잡았다. 초록색 캡슐형 알약이 가득 들어 있었다. 막상 약을 먹으려니 망설여졌다. 몸에 어떤 해가 될지 전혀 모르니까. 약통에는 라벨조차 붙어 있지 않았다. 나는 떨리는 손으로 약을 꺼냈다. 알약 가운데에 새겨진 글자가 보였다.

TWIN.

확실히 이건 진통제가 아니다. 내게는 더 이상 의미 없는 사실이지만. 나는 알약을 물과 함께 삼켰다. 그러나 아무 일도 일어나지 않았다. 어지럽지도 않고 졸리지도 않았다. 나는 시계를 바라보았다. 밤 12시 37분.

'자정이 넘어서 그런가?'

그날은 밤 11시 40분이었으니까. 나는 방으로 돌아가 몇십 분 후에 잠이 들었고 꿈은 꾸지 못했다.

7

 다음 날부터 실험한 결과, 나는 꿈속의 세계로 가려면 두 가지 조건을 지켜야 한다는 사실을 알아냈다. 첫 번째는 다음 날 학교를 가야 한다는 사실에 괴로워할 것. 이건 매일 있는 일이었기에 어렵지 않았다. 두 번째는 자정 전에 잠들 것. 이것도 시계만 잘 보면 지킬 수 있었다.

 "유주야, 일어나!"
 '성공이다.'
 나는 눈을 반짝 뜨고 생각했다. 꿈속에서는 아침에 눈을 뜨는 것이 즐거웠다.
 선생님은 오늘이 반장 선거라고 했다. 그리고 난 반장 후보로서 할 만한 행동을 했다. 친절하게 대해 주거나 사탕을 나눠 주는 것을 싫어하는 아이는 없었다.

'아니, 현실이었다면 나에게 사탕 받는 것도 꺼렸을 거야.'

내 마이쮸를 쓰레기통에 버렸던 영채가 생각났다. 나는 안 좋은 기억은 잊으려고 애쓰며 교실에 들어섰다.

"유주야, 안녕."

멸이가 환하게 웃으며 인사했다. 그 외에 인사하는 아이들도 몇몇 있었다. 나는 그들에게 인사하고 별이 옆자리에 가 앉았다.

"너 그 소식 들었어? 오늘 전학생 온대."

"지금? 3월이잖아."

나는 칠판에 쓰인 날짜를 보았다. 3월 11일. 현실과는 일주일 정도 시간차가 있었다. 내가 약을 먹고 이곳으로 오면 그때부터 시간이 흐르는 것 같았다. 밤이 되어 잠들면 현실로 돌아왔다.

"그게 중요한 게 아니야. 걔가 오면 네 옆자리에 앉게 될 거야. 짝이 없는 애는 너밖에 없잖아."

"그렇겠네."

나는 꿈속에서도 뽑기를 잘못해 맨 뒷자리에 혼자 앉았다. 현실과 다르게, 내 자리는 언제나 아이들로 북적였다. 아이들은 수업 시간에도 키다리 책상 뒤에서 나에게 말을 걸었다. 그렇지만 나는 쉬는 시간이 아니면 애들과 떠들고 싶지 않았다. 규리처럼 모범생 이미지를 구축해서 선생님들에게 예쁨받고 싶었다. 뭐, 일단 장주혁 선생님은 아이들이 떠들건 말건 관심도 없는 것 같았지만.

호랑이도 제 말하면 온다더니 장주혁 선생님이 교실 문을 열고 들어왔다. 나는 별이 옆자리에서 일어나 원래 자리로 갔다. 선생님은 교실을 둘러보더니 잘 들리지 않는 목소리로 말했다.

"자리에 앉아."

나는 누구에게 하는 말일까 생각했다. 아이들이 대부분 제자리에 앉아 있었다. 그때 규리가 후다닥 별이 옆자리에 가 앉았다.

'아, 저기가 규리 자리였구나.'

규리는 또다시 울 것 같은 표정이었다. 그 표정을 보니 어이가 없었다. 내가 자기 자리를 뺏었다고 탓하는 것 같았다.

"들어와!"

모두 제자리에 앉자 선생님은 복도를 향해 소리쳤다. 키가 큰 남자애가 들어왔다.

'전학생!'

맨 뒷자리인데도 앞자리에 앉은 것처럼 남자아이 얼굴이 또렷이 보였다. 숨이 멎을 정도로 잘생긴 아이였다. 선이 시원시원하고 입에는 쾌활한 웃음을 머금고 있었다.

"자기소개 해라."

전학생은 한 걸음 앞으로 나왔다.

"안녕하세요. 은휘성이라고 합니다. 잘 부탁드립니다."

"그래, 저기 빈자리에 앉아."

선생님은 내 쪽을 아무렇게나 가리키며 말했다. 은휘성은 빠른 속도로 걸어와 내 옆자리에 앉았다.

"안녕."

은휘성이 말했다.

"안녕."

나도 대답했다. 선생님이 잘 들리지 않는 목소리로 조례를 시작해서 더 대화를 나눌 수는 없었지만 차라리 그게 나았다. 나는 잘생긴 아이들을 보면 본능적으로 피했다. 그들은 나랑 엮일 일이 없고 관심만 가져도 비웃음당하리라는 것을 잘 알고 있었기 때문이다.

조례가 끝나자마자 아이들은 은휘성의 책상으로 모여들었다.

"와, 너 진짜 잘생겼다. 아이돌 할 생각 없어?"

"농구 좋아하면 이따 점심시간에 같이 할래?"

이것저것 묻는 아이들 중에는 여자애도 많았지만 난 아무 말 하지 않았다. 내가 전학 왔을 때가 떠올랐다. 반 아이들은 내게 말을 건네지 않았다. 내가 혼자 있자 다른 아이들도 말을 걸지 않았다. 악순환이었다.

은휘성은 타고난 것 같았다. 질문에 하나씩 답하며 대화하는 게 정말로 즐거운 듯 한순간도 웃음을 잃지 않았다. 별이와 라희도 은휘성에게 이것저것 물어보다가 내가 아무 말도 하지 않자 의아한 표정을 지었다.

종이 울리고 아이들이 흩어졌다. 그제야 마음이 놓였다. 나는 앞만 바라보며 선생님이 들어오길 기다렸다.

"넌 이름이 뭐야?"

옆에서 쾌활한 목소리가 들렸다. 몇 초 지나서야 그게 내게 한 말이라는 걸 깨달았다. 나는 옆으로 고개를 돌려 작은 목소리로 말했다.

"양유주."

"반장 후보 1번이구나. 게시판에 붙은 포스터 봤어."

"응."

나는 가방을 뒤적거려 남은 사탕을 꺼냈다. 그리고 은휘성을 쳐다보지도 않고 책상 쪽으로 밀었다.

"이거 먹어."

"고마워."

사탕을 입에 넣고 이리저리 굴리는 소리가 들렸다. 나는 옆을 보지 않으려고 애썼다. 어느 순간 소리가 멈췄다. 고개를 돌리자 은휘성과 눈이 딱 마주쳤다. 원래 웃고 있던 은휘성의 입가에 더 쾌활한 웃음이 번졌다.

"너 뽑으라고 준 거야?"

"아니야. 그냥, 반 애들한테 다 줬거든. 그래서."

볼이 뜨거워졌다. 일어나 어디로든 도망치고 싶었다. 꿈속에서는 한 번도 이런 기분을 느낀 적이 없는데. 눈이 마주치자마자 웃은 은휘성도, 고개를 돌리는 바람에 옆을 의식하고 있다는 걸 들킨 나도 원망스러웠다.

"얘들아, 책 펴라."

문이 열리고 선생님이 들어왔다. 은휘성이 속삭였다.

"너 뽑을게."

나는 대답하지 않았다. 뭐라고 말해야 할지 몰랐기 때문이다.

가슴이 뛰었다.

반장 선거가 끝나고 나는 별이, 라희와 함께 학교를 나섰다.
"유주야, 반장 된 거 축하해."
"고마워."
난 별이를 향해 웃어 보였다. 한 표 차이로 당선이었다. 선생님은 앞에 나와 한마디 하라고 했고, 난 열심히 하겠다고 말하면서 은휘성을 바라보았다. 은휘성은 그 어떤 아이라도 빠져들 것 같은 웃음을 띤 채 나를 마주 보았다.
"전학생은 어때? 아까 보니까 이야기 많이 하는 것 같던데."
라희가 내 마음을 눈치라도 챈 것처럼 물었다. 나는 숨을 한 번 들이켰다.
"그냥 그래."
"근데 진짜 잘생기지 않았어? 아이돌 연습생 아닐까?"
"아이돌 할 생각은 없다더라. 생명 공학 연구원이 꿈이래."
라희와 별이가 말했다.
"그 정도는 아닌 것 같은데."
나는 앞만 쳐다보며 대꾸했다. 별이와 라희는 커다란 눈을 깜빡이면서 서로를 마주 보았다.
"에이, 그건 아니지. 걔가 그 정도가 아니면 누가 그 정돈데?"
"근데 또 그런 느낌이긴 해. 가질 수 없을 것 같은. 나는 아이돌이나 볼래."

별이가 주머니에서 핸드폰을 꺼내 아이돌 영상을 틀었다. 열정적으로 춤을 추는 그들의 얼굴이 은휘성과 겹쳐 보였다.

"아, 오늘 미술 학원. 나 먼저 간다!"

별이가 손을 흔들며 상가 쪽으로 들어섰다. 라희도 영어 학원에 가야 한다며 사라졌다. 나는 혼자 남아 은휘성의 웃음을 곰곰 생각하며 아파트를 향해 걸었다. 그때였다. 익숙한 아이가 아파트 정문 앞에 서 있었다.

'고유한?'

이상했다. 꿈속 세계에는 현실과 같은 모습을 한 아이가 없었다. 이름은 같아도 외모는 완전히 달랐다. 그러나 고유한은 고유한이었다. 나와 비슷한 작은 키에 섬세한 얼굴과 진한 눈썹, 또렷한 눈동자까지 그대로였다.

나는 몸을 돌려 반대쪽으로 걸었다. 빙 돌아 아파트 후문으로 갈 생각이었다. 고유한이 날 봤는지 못 봤는지 알 수는 없지만 돌아볼 용기가 나지 않았다.

'내가 누군지도 몰라봤을 거야. 나는 현실과 다른 모습이잖아. 이름만 똑같다고.'

나를 꿰뚫어 보던 눈동자가 생각났다. 그 눈동자로 내 진짜 모습을 봤을지도 모른다는 생각이 들었다.

8

"다 모였지? 버스로 출발하자! 앞 유리창에 2학년 6반이라고 적혀 있을 거야."

"네." 하고 대답하는 아이들의 목소리가 평소보다 들떠 있었다. 나는 규리를 돌아보았다. 어느 순간부터 현실과 꿈을 구분할 때 규리를 보는 습관이 생겼다. 규리는 현장 체험학습 날이라 그런지 머리를 구불구불하게 땋았다. 맨얼굴도 예쁜데 화장을 해서 더 눈에 띄었다.

'이곳은 현실.'

그건 나와 같이 버스에 앉을 아이가 없다는 뜻이었다. 나는 빈자리에 앉아 최대한 모습이 보이지 않게 웅크렸다. 애들이 지나쳐 가며 나를 쳐다보는 것 같았다. 가슴에 돌덩이라도 내려앉은 듯 마음이 무거웠다. 현실에서 적극적인 장주혁 선생님은 굳이 버스 안을 돌아다니며 애들 이름을 불러 댔다.

"유주!"

"네……."

나는 선생님과 눈이 마주쳤다. 선생님이 큰 목소리로 말했다.

"왜 혼자 앉아 있어?"

난 충격을 받아 얼음처럼 굳었다. 애들 대부분이 버스에 타면서 혼자 있는 날 봤겠지만 그래도 그 사실을 공공연하게 외치는 건 다른 문제였다. 선생님은 그런 날 보지 못했는지 한술 더 떴다.

"유주랑 같이 앉을 사람 없어?"

어디선가 수군거리는 소리가 들려왔다. 분명 날 비웃는 소리겠지. 나는 선생님을 노려보았다.

난 차라리 교실에 남아 자습하고 싶었다. 하지만 현장 체험학습에 가지 않겠다고 하면 엄마가 의심할 게 뻔했다. 엄마는 언니가 그렇게 된 이후로 '정상'에 집착했다. 모두가 가는 현장 체험학습에 빠지는 건 '정상'이 아니었다.

"아, 너! 네가 앉으면 되겠다."

선생님이 말했다. 누군가가 가방을 질질 끌며 내게 다가오는 소리가 들렸다. 나는 당황스러워하며 그쪽을 바라보았다. 고유한이었다. 고유한은 아무렇지도 않게 내 옆자리에 앉았다.

선생님이 출석을 마저 부른 뒤 버스가 출발했다. 나는 옆자리에 시한폭탄이라도 둔 것처럼 고개를 돌리지 못했다. 고유한이 말을 걸까 봐 두려웠다. 그러나 옆에 있는 고유한은 숨소리도 내지 않았다. 문득 그 애가 또 사라졌을 수도 있겠다는 생각이 들었다. 나는 고개를 돌렸고, 나를 바라보는 그 눈동자와 눈이 딱 마주쳤다.

"당장 그만해."

고유한이 말했다. 관통당한 기분이었다.

"뭘……."

"그 세계로 가는 거."

순간 놀라 고유한을 바라보았다. 내가 꿈속 세계로 간다는 걸 어떻게 알지? 그렇지만 더 중요한 질문은 따로 있었다.

"왜?"

"위험해."

나는 더는 묻지 않고 창밖으로 눈길을 돌렸다. 가장 두려워하던 일이 일어났다. 꿈속은 내 전부였다. 나를 아끼는 사람들은 모두 그곳에 있었다. 다시 현실에서만 살아갈 생각을 하니 숨이 턱 막혔다. 나는 고개를 돌렸다. 고유한은 사라지고 없었다. 그 세계로 넘어간 걸까?

한 시간도 지나지 않아 버스가 멈췄다. 나는 아이들을 따라 과학관에 들어섰다.

"자유롭게 관람하다가 12시 30분에 여기로 모이는 거야!"

장주혁 선생님의 목소리도 소음에 묻혔다. 다른 학교 애들도 체험학습을 온 모양이었다. 어림잡아 몇백 명의 아이들이 과학관 안을 어지럽게 돌아다녔다. 그렇지만 그 속에는 완벽한 체계가 있었다. 같이 다니는 무리는 정해져 있고, 누군가와 마주치면 인사를 할 수는 있어도 절대로 같이 다니지는 않았다. 아이들은 체계를 이루어 그들만의 세계로 사라졌다.

정처 없이 떠돌다 보니 생명 공학관이었다. 창체 시간에 틀어 주는 영상에나 나올 법한 생명 공학의 역사 따위의 지루한 전시가 이어졌다. 체험 부스도 없고 어려운 내용만 가득해서인지 아무도 없었다.

'은휘성은 이런 게 뭐가 좋다는 거지.'

며칠 동안 꿈속에서 난 그 애를 관찰했다. 누구나 좋아할 수밖에 없는 아이였다. 항상 웃음을 잃지 않았고 도움이 필요한 아이들에게 선뜻 손을 내밀었다. 은휘성 주변에는 항상 아이들이 모여들었고, 그 애는 타고난 유머 감각과 친절한 태도로 대화를 이끌어 나갔다. 나는 다른 아이들처럼 은휘성 주변을 맴돌지 않았다. 그러나 은휘성은 내가 짝이라는 이유만으로 하루에도 몇 번씩 말을 걸었다.

전시관 끝에 '뇌신경계 약물, 끝없는 혁신'이라고 쓰인 안내판이 보였다. 나는 유리관 안쪽을 내려다보았다. 여러 색깔의 알약과 가루약이 일정한 거리를 두고 놓여 있었다.

'저건……'

맨 끝에 TWIN이라고 적힌 초록색 알약이 보였다. 의심의 여지도 없이 내가 어제도 먹었던 그 약이었다. 나는 그 자리에 붙박인 듯 서서 초록색 알약을 바라보았다. 약 주변에는 아주 작은 글씨로 한 줄이 적혀 있었다.

'㈜퓨처바이오 제공'

평범한 제약 회사 같았다. 나는 핸드폰을 꺼내 퓨처바이오를 검색했다. 이 년 차 회사라는 것과 대표자의 이름이 고독이라는 것 외에는 아무런 정보가 없었다.

'이 회사에서 초록색 알약을 만든 걸까?'

뇌신경계 약물이라고 쓰인 것이 마음에 걸렸다. 꿈속에서 만나는 부모님, 별이, 라희 그리고 은휘성까지. 전부 내 뇌에서 만든 가상 인물인 걸까? 나와 대화하고 나를 아끼는 것은 그들이 실재하지 않고 내 상상 속에서만 존재하는 인물이라서 그런 걸까? 혼란스러워하는데 전화벨이 울렸다. 나는 깜짝 놀라 전화를 받았다. 장주혁 선생님이었다.

"양유주? 12시 40분인데 왜 안 와? 어디야?"

"아, 저…… 생명 공학관인데 지금 갈게요."

"얼른 와."

대답도 하기 전에 전화가 끊겼다. 묘하게 짜증 섞인 목소리였다. 입구까지 걸어가자 나를 기다리는 장주혁 선생님이 보였다.

"따라와."

선생님은 야외로 나갔다. 삼삼오오 모여 돗자리를 펴고 앉은 우리 반 애들이 보였다.

"저기서 점심 먹어라."

선생님이 아이들을 가리키며 말했다. 몇몇 아이들이 나를 봤지만 대부분은 이야기하며 도시락을 먹느라 여념이 없었다. 나는 울고 싶은 심정으로 선생님을 바라보았다. 내 생각을 읽기라도 한 건지 선생님은 아이들에게로 척척 걸어갔다.

"규리야!"

대여섯 명의 아이들과 어우러져 도시락을 먹고 있던 규리가 고개를 들었다.

"네?"

"유주 앉을 자리 좀 마련해 줘라."

"네! 여기 앉아, 유주야."

규리가 생글거리며 살짝 옆쪽으로 비켜 앉았다. 다른 아이들은 못마땅한 표정이었지만 나에겐 선택지가 없었다. 내가 규리 옆에 앉자 선생님은 피곤해 보이는 얼굴로 다른 선생님들을 향해 가 버렸다.

나는 어색하게 가방을 뒤적여 엄마가 싸 준 도시락을 꺼냈다. 뚜껑을 열기도 전에 맛있는 냄새가 풍겼다. 내가 제일 좋아하는 유부초밥이었다. 꿈속의 엄마가 떠올랐다. 어쩌면 엄마는 아직 날 완전히 잊지 않았을지도 모른다는 희망이 비집고 올라왔다. 나는 유부초밥을 한입 베어 물었다. 그때 누군가의 목소리가 들렸다.

"규리야, 벌써 다 먹었어?"

유부초밥이 목에 탁 걸렸다. 내가 캑캑거리는 사이 규리가 대답했다.

"남자 친구랑 디저트 먹기로 해서. 이따 만나!"

규리는 빛의 속도로 짐을 챙겼다. 나는 그런 규리를 멍하니 바라보았다. 다른 아이들은 아무렇지도 않게 자기들끼리 이야기했다. 규리는 잠시 멈춰 숨을 고르더니 날 내려다보며 말했다.

"좀 비켜 줄래?"

나한테 한 말인가? 왜 비켜 달라고 하는 거지?

"돗자리 챙기려고."

규리가 설명했다. 나는 그제야 내가 깔고 앉은 것이 규리의 돗자리라는 것을 깨달았다.

"아, 어어……, 미안."

난 도시락통을 들고 비켜섰다. 내가 왜 사과를 하지? 아…… 알겠다.

'내 주제에 너랑 도시락을 먹으려 해서 미안해.'

나는 멀어지는 규리를 바라보며 속으로 중얼거렸다. 규리가 사라지자마자 아이들은 내가 들어올 자리를 없애고 더욱 촘촘히 모여 앉았다. 나도 그곳에 더 있고 싶지 않았다. 유일한 아쉬움은 유부초밥을 하나밖에 먹지 못한 것이다.

나는 정처 없이 걸었다. 그러면서도 선생님과 애들 눈에 띄지 않게 조심했다. 문득 내가 벌레 같다는 생각이 들었다. 인간에게 들키지 않기 위해 항상 어두운 곳에 숨어 다니는 벌레. 모두가 날 쳐다보는 것 같았다. 경멸과 연민 그리고 조소를 띤 채로. 숨이 막혔다. 나는 가만히 벽에 기대섰다. 숨쉬기 조금 나아졌지만 완전 편해진 건 아니었다. 나 혼자 있을 수 있는 곳에 가야 했다. 아무도 나를 보지 못하도록.

과학관 화장실은 좁고 냄새가 났다. 게다가 화장을 고치러 온 애들이 쉬지 않고 수다를 떠는 바람에 정신이 혼미해졌다. 그렇지만 이만한 피난처도 없었다. 그렇게 몇 분 정도 있자 유부초밥을 먹어야 한다는 생각이 들었다. 거의 안 먹은 채로 도시락을 가져가면 아무리 엄마라도 뭔가 이상하다고 생각할 테니까. 나는 변기 위에 앉아 유부초밥을 하나씩 꺼내 먹었다. 보온병에 얼음이 동동 뜬 콤부차가 들어 있었다. 이건 언니에게 주고 남은 콤부차일까? 콤부차를 마시는데 다른 여자애들의 목소리가 들렸다.

"야, 누가 화장실에서 뭐 먹나 봐."

"나가자."

소곤거렸지만 다 들었다. 우리 반 애들은 아니겠지. 적어도 아는 목소리는 아니었다. 나는 힘없이 도시락을 챙기고 핸드폰 시계를 보았다. 버스에 타야 하는 시간이었다.

올 때와는 달리 내가 혼자라는 걸 인지할 힘도 없었다. 나는 창밖을 바라보았다. 눈물이 볼을 타고 떨어졌다. 바로 뒤에 규리가 앉았는지 떠드는 목소리가 가끼이에서 들려왔다. 대부분 시답잖은 이야기였지만 목소리만큼은 그 누구보다 즐겁게 들렸다. 나는 눈을 감고 잠을 청했다.

9

 햇살이 가득 내리쬐는 버스 안에서, 나는 옆자리에 앉은 은휘성을 바라보았다. 나는 은휘성과 같이 앉고 싶지 않았다. 그렇지만 별이와 라희 그리고 나는 홀수라서 한 명은 혼자 앉아야 했다. 하필 옆자리에서 우리 말을 들은 은휘성이 나와 함께 앉고 싶다고 했다. 4월도 채 되지 않았는데 그 애는 벌써 여러 여자애에게 고백을 받았다. 내가 은휘성 옆자리에 앉으면 그 아이들에게 적이 될 터였다.

 "은휘성. 왜 나랑 같이 앉겠다고 했어?"

 은휘성의 얼굴에서 웃음기가 약간 사라졌다. 놀랍게도 그런 표정이 훨씬 인간미 있었다. 은휘성은 고개를 숙이고 작은 목소리로 속삭였다.

 "네가 왜 나한테만 그러는지 궁금해서."

 "내가 뭘……."

"다른 애들한테는 항상 다정하게 대해 주잖아."

은휘성이 말했다. 나는 그 말을 이해하지 못해 은휘성을 바라보기만 했다. 은휘성의 시원한 입꼬리가 살짝 위로 올라갔다. 그렇지만 그 웃음은 전처럼 완벽해 보이지 않았다. 나는 말꼬리를 흐렸다.

"너는 인기가 많으니까……."

내가 생각해도 그럴 듯한 답은 아니었다. 곧바로 은휘성의 반격이 이어졌다.

"너랑 이야기하는 애들 다 인기 많아. 김라희도 그렇고, 저번에 찾아온 옆 반 남자애도……."

"넌 다르지."

"뭐가 다른데?"

"잘생겼잖아."

정적이 찾아왔다. 나는 아차 싶어 고개를 들었다. 은휘성이 웃는 얼굴 그대로 얼음처럼 굳어진 채 나를 쳐다보고 있었다.

"아니, 그런 뜻이 아니라……."

"알겠어."

은휘성이 나에게서 시선을 거두고 앞만 바라보며 말했다. 꼭 나 같았다. 자세히 보니 그 애의 귀가 새빨개져 있었다. 내 볼도 뜨거워졌다. 나는 말을 돌렸다.

"넌 왜 생명 공학 연구원이 되고 싶어?"

"그냥."

"그래도 이유가 있을 거 아냐?"

"복수하고 싶어서."

은휘성이 평소처럼 쾌활한 목소리로 말했다. 그런 은휘성에게는 어울리지 않는 말이라 의문이 들었다.

"복수?"

"심각한 부작용이 있는 약을 만드는 사람들 있잖아. 생명 공학 연구원이 되면 그 사람들한테 복수할 수 있을 것 같아서."

약이라는 말에 고유한이 떠올랐다. 정확하게는 위험하다는 말이. 심장이 불안하게 뛰었다. 나는 가까스로 입을 뗐다.

"부작용이라면, 무슨······."

"얘들아, 다 왔다!"

선생님의 말에 내 질문이 묻혔다. 차라리 다행이라는 생각이 들었다. 뇌신경계 약물의 일종이라는 초록색 알약에도 부작용이 있겠지만 알고 싶지 않았다. 나는 버스에서 내리자마자 별이와 라희에게 향했다. 뒤를 돌아보니 은휘성도 다른 남자아이들과 이야기하느라 여념이 없었다.

과학관은 그때와 전혀 다른 장소처럼 느껴졌다. 우선 곁에는 별이와 라희가 있었고, 마주치는 애들 대부분이 환한 웃음을 지으며 내게 인사했다. 친구들과 함께하니 별거 없는 체험 부스도 재미있었다. 이번에는 시간을 잊지 않고 도시락을 먹기로 한 장소로 갔다. 아이들과 돗자리를 펴고 한데 모여 도시락을 꺼냈다. 이번에는 유부초밥이 아니었다. 엄청나게 정성을 들인 캐릭터 도시락이었다. 내가 좋아하는 아니토끼의 티니였다.

"와, 먹기도 아깝다."

별이가 감탄하며 말했다. 나는 핸드폰을 꺼내 도시락 사진을 찍었다. 그때 선생님의 목소리가 들렸다.

"반장, 얘랑 좀 같이 앉아라."

규리였다. 규리는 괴로운 얼굴로 움츠리고 서 있었다. 버스에서 내릴 때부터 혼자 다니더니 같이 도시락 먹을 친구도 없는 것 같았다. 나는 무표정으로 규리를 바라보았다. 현실과 거울같이 닮은 상황이었다. 다른 건, 내가 규리 위치에 있고 규리는 내 위치에 있다는 거다.

"여기로 와, 규리야."

내가 아무 말도 하지 않자 별이가 다정한 목소리로 불렀다. 규리가 천천히 우리 쪽으로 다가왔다. 라희는 얼굴을 찌푸렸고, 나는 뭐라 해야 할지 몰라 규리를 쳐다보기만 했다. 별이 혼자 어색한 분위기를 띄우려고 애썼지만 역부족이었다. 우리는 정적 속에 식사를 끝마쳤고, 규리는 알아서 사라져 주었다. 돗자리를 정리하는데 별이가 말했다.

"너네 너무한 거 아니야?"

장난스러운 말투였지만 그 속에 뼈가 있었다. 우리 모두 그걸 느꼈다. 라희가 애매하게 말했다.

"난 좀 어렵다."

나는 아무 말도 할 수 없었다. 현실에서는 규리가 나를 끼워 주는 상황이었고, 일방적으로 무시했다는 사실을 어떻게 말할 수 있을까. 별이가 나를 나쁜 애라고 생각하지 않았으면 좋겠는데. 마음이 아팠다. 그렇지만 현실의 규리와 아이들보다는 우리가 훨씬 낫다는 생각이 들었다. 적어도 규리가 나처럼 화장실에서 유부초밥을 넉신 않았으니까.

나는 과학관 벽에 등을 기댔다. 그 순간 익숙한 얼굴이 눈에 들어왔다. 고유한이었다. 고유한은 십 미터 정도 떨어진 곳에서 나를 바라보고 있었다.

"남은 시간 동안은 뭐 할까?"

별이가 생글거리며 물었다. 별이의 얼굴을 보니 나를 나쁜 애라고 생각하는 것 같지는 않았다. 그렇지만 나는 고유한에게 시선을 고정한 채 아무 말도 하지 못했다. 그 애가 다가오고 있었다.

"나 뭐 두고 온 것 같아서, 이따 전화할게."

무엇보다 고유한이 친구들 앞에서 내 정체를 드러내는 게 두려웠다. 나는 몸을 돌려 빠르게 걸었다. 몇 초 후에는 뛰기 시작했다. 에스컬레이터에 올라 숨을 고르는데 끝에 탄 고유한이 보였다. 심장이 거세게 뛰었다. 착각이 아니었다. 고유한은 나를 쫓았다. 나는 2층에 도착하자마자 아는 길로 접어들었고, 의도치 않게 생명 공학관에 들어섰다.

그곳에는 규리가 있었다. 규리는 유리관에 바짝 붙어 그 안에 진열된 알약들에게서 눈을 떼지 못했다. 나는 그곳에서 나가려 뒷걸음질 쳤다.

"아."

뒤에 있던 누군가가 내 어깨에 부딪혀 신음했다. 돌아보지 않아도 누군지 알 수 있었다. 고유한이었다. 그때 규리가 품속에서 망치를 꺼냈다. 무슨 일이 일어난 건지 알기도 전에 유리관이 와장창 소리를 내며 깨졌다. 위잉— 사이렌이 울렸다.

"괜찮아?"

별이가 걱정스러운 표정으로 물었다. 나는 참고인으로 불려 가서 똑같은 질문을 몇 번이나 받았다. 그곳에 함께 있던 고유한은 사라져 버렸고, 장주혁 선생님이 몇 번이고 허리를 굽혀 사과한 덕에 과학관 관계자는 학생인 점을 감안해 경찰을 부르지는 않겠다고 말했다. 혼란 속에서 규리는 고개를 숙이고 바닥만 쳐다보았다. 내가 대답하기도 전에 라희가 말했다.

"쟤 진짜 이상하지 않아? 망치는 어디서 난 거고 유리관은 왜 샌 거야?"

나는 아무 말도 할 수 없었다. 규리가 유리관을 깨고 초록색 알약을 챙겼다는 것도 말할 수 없었다. 잘못 본 게 아니라면, 규리도 그 알약에 대해 안다는 소리였다. 규리는 왜 이 세계로 넘어오는 걸까? 현실에서 모든 걸 가졌으면서, 여기서는 기피 대상일 뿐이면서 왜? 생각하면 할수록 이상했다.

10

"OMR 걷겠습니다."

나는 손바닥만 한 노란색 종이 수십 장이 한데 모이는 것을 멍하니 쳐다보았다. 오늘로써 1학기 첫 시험이 끝났다. 점수는 말할 수 없을 만큼 처참했다. 낮에는 괴로움으로, 밤에는 꿈으로 시간을 보내며 공부는 하나도 하지 않았으니 당연한 결과일지도 몰랐다. 교실 가운데에서 규리가 핸드폰 계산기로 점수를 계산해 보고는 자기 친구들에게 뭐라고 이야기하는 것이 보였다.

"와, 황규리 평균 구십팔 점이래!"

그중 한 명이 큰 목소리로 외쳤다. 반 아이들이 탄성하는 소리가 들렸다. 나는 몇 점이었더라. 오늘 망친 시험을 제외해도 평균 칠십 점이 넘지 않았다.

나도 초등학교 때는 공부 잘한다는 소리를 곧잘 들었다. 당시 고등학교에서 전교 1, 2등을 다투던 언니가 하나하나 가르쳐 줬으니까. 부모님은 언니에 이어 나도 공부를 잘할 거라고 기대했다. 나조차도 그랬다. 나는 채점도 하지 않고 신경질적으로 시험지를 가방에 구겨 넣었다. 세상에는 저런 사람들이 있다. 인생의 고통이라고는 겪지 않을 것 같은 사람들.

시험 날은 급식을 먹지 않아도 돼서 좋았다. 평소에 나는 급식실에 내려가는 대신 교실에서 견과류를 먹었다. 교실에 사람이 있으면 화장실로 갔다. 급식실에서 급식을 먹으려고 몇 번 시도했지만 모두가 혼자인 나를 쳐다보는 것 같아 번번이 실패했다. 그렇지만 오늘은 바로 집에 가도 이상할 것이 없었다. 규리는 시험 끝난 날이라고 바로 놀러 갈 모양인지 교실 뒤편에서 화장을 했다. 그때 내 옆에서 누군가의 목소리가 들렸다.

"와, 너 수학 백 점이야?"

나한테 한 말은 아니겠지만 나는 반사적으로 고개를 돌렸다. 뿔테 안경 쓴 애였다. 나처럼 혼자 다니는 아이. 그 애 앞에 펼쳐진 시험지에는 백 점이라는 점수가 당당히 적혀 있었다. 뿔테 안경 쓴 애가 대답했다.

"응."

"너 쉬는 시간에도 매일 공부하더니, 역시 공부 잘하는 애였구나. 이번 수학 진짜 어려웠는데."

"맞아. 그랬지. 나는 운이 좋았어."

뿔테 안경 쓴 애가 아무렇지도 않게 말했다. 뭔가 이상했다. 그 애 주위로 아이들이 점점 모여들었다.

"너 공부 방해될까 봐 말 못 걸었어."

"우리 마라탕 먹으러 갈 건데 같이 갈래?"

뿔테 안경 쓴 애는 환하게 웃으며 고개를 끄덕였다. 나는 보고도 믿을 수가 없어 그 광경을 빤히 쳐다보았다. 그 애는 나 같은 기피 대상이었다. 다른 반 애들과 어울리고 대부분의 시간에는 문제집만 풀었다. 그랬던 애가 시험 하나 잘 봤다고 이렇게 주변 태도가 달라진다고? 나는 집에 돌아와서도 마음을 가라앉히지 못하고 방 안을 빙빙 돌았다.

'공부를 잘하면 기피 대상에서 벗어날 수 있을지도 몰라.'

나는 가방에서 시험지 뭉텅이를 꺼냈다. 나에게도 가능성이 있다. 몇 년 전만 해도 공부가 그렇게 어렵지 않았다. 나는 먼지 쌓인 공책을 하나 가져와 겉장에 오답 노트라고 썼다. 틀린 문제를 하나하나 살펴보자 실수로 틀린 것이 생각보다 많았다.

'나도 할 수 있어.'

조금이나마 자신감이 생겼다. 그러나 수학 시험지를 펼치자 나는 그 생각이 착각이라는 것을 깨달았다. 중학교 1학년 때부터 수포자였던 나는 대부분의 수식이 이해조차 되지 않았다. 오답 노트를 바닥에 던져 버리고 침대에 누웠다. 때아닌 졸음이 밀려왔다.

"양유주!"

나는 날카로운 목소리에 눈을 떴다. 누군가 화난 얼굴로 서서 나를 내려다보고 있었다.

"엄마?"

"너 점수가 왜 이래?"

나는 상황 파악을 하려고 애썼다. 흐릿해진 시야로 책상 위에 널브러진 시험지들이 들어왔다. 엄마가 시험지에 적힌 점수를 본 모양이었다.

"학교 잘 다니는 줄 알았더니 이게 뭐야?"

"잘 다니는 줄 알았다고?"

난 울컥해 소리쳤다. 관심도 없었으면서. 날 쳐다보지도 않았으면서. 차라리 잘됐다 싶었다. 지금 엄마의 눈동자는 언니가 아닌 나를 향했고, 모든 일을 말할 기회였으니까. 입을 떼려는데 엄마가 말했다.

"너까지 왜 이래?"

숨이 턱 막혔다. 아, 맞다. 나는 이러면 안 되지. 언니가 고립된 후로 엄마는 그림자 같아졌다. 내가 무슨 말을 건네도 대답하지 않았다. 문득 겁에 질려 엄마, 엄마 하고 매달려 보면 너무도 소름 끼치는 텅 빈 눈으로 나를 내려다볼 뿐이었다. 나는 아무 일도 없는 것처럼 살아야만 했다. 그게 내가 엄마를 위해 할 수 있는 전부였다.

"잘못했어요."

"잘못한 게 문제가 아니라 어떻게든 해야 할 거 아니야? 학원 갈래? 네 언니는……."

엄마는 뒷말을 삼켰다. 난 그 말이 뭔지 알 수 있었다. 언니는 학원 하나 안 다니고 1등만 했다고. 그렇지만 우리 집에서 언니에 관한 이야기는 금기 사항이었다.

"어떻게 할래?"

"혼자 할래요."

학원은 싫었다. 그건 학교생활의 연장인 셈이었다. 애들은 어디서나 무리를 만들고 몰려다니니까. 엄마가 한숨을 내쉬었다.

"그럼 이번 학기까진 혼자 해 봐. 다음에도 이런 점수면 바로 학원에 가는 거야."

"네."

엄마가 방에서 나갔다. 심장이 쿵쿵 뛰었다. 꿈속 엄마를 보고 싶었지만 아직 밤이 아니었다. 아니다, 밤이 아니면 어때? 약을 먹으면 언제든 잠들 수 있다. 그리고 보니 꿈속에서 공부를 하고 있었던 게 떠올랐다. 별이와 라희랑 같은 학원에 다니고 독서실까지 가면서. 꿈속에서 했던 공부는 현실에서 도움이 안 되는 걸까, 아니면 내가 했던 공부가 그 정도밖에 안 되는 걸까. 나는 습관적으로 초록색 알약을 입안에 털어 넣었다. 이젠 물이 없어도 삼킬 수 있었다.

11

며칠이 지나 꿈속에서도 시험 날이 되었다.

"시험 시작하겠습니다."

선생님의 말이 끝나자마자 시험지 넘기는 소리가 들렸다. 나도 천천히 시험지를 넘겼다. 꿈속 첫 시험도 국어였다.

'어?'

1번부터 똑같은 문제였다. 정확히는 일주일 전에 치렀던 현실의 국어 시험과 똑같았다. 오답 노트에 틀린 문제들을 적었던 게 생각났다. 그동안 공부했던 것과 상관없이 대부분의 문제를 쉽게 풀 수 있었다. 종이 울리자 나는 펜을 내려놓았다. 웃어야 할지 울어야 할지 알 수가 없었다.

"와, 국어 백 점이야?"

채점을 하자 몇몇 아이들이 지나가며 말했다. 대단한 건 아니었다. 난이도는 그렇게 어렵지 않았으니까. 어려운 시험 과목은 마지막 날에 보는 수학이었다.

'현실로 가서 수학 답안을 외워 와야겠어.'

그러면 백 점을 맞을 수 있을 테니까. 나는 학원에서 돌아와 저녁을 먹자마자 공부도 하지 않고 자러 갔다. 잠을 자면 현실에서 깨어날 거고 그러면 수학 답안지를 손에 넣을 수 있다. 이래도 되는 걸까 하는 생각을 잠깐 했지만 어차피 꿈일 뿐이라고 생각하니 마음이 편했다. 눈꺼풀이 무거워졌다.

"양유주 올백!"

라희가 소리치자 탄성이 잇따랐다. 나는 별것 아니라는 태도로 시험지를 한데 모아 구겨지지 않도록 파일에 넣었다. 집에 가서 엄마와 아빠에게 보여 줄 생각이었다. 올백이라니. 평균 구십팔 점이던 황규리도 이겼다. 문득 꿈속의 규리는 몇 점이나 맞았을까 싶어 고개를 돌렸다. 규리가 꾸깃꾸깃 구기는 수학 시험지에 적힌 점수가 똑똑히 보였다. 삼십팔 점.

"풋."

현실의 나보다도 못한 점수였다. 내가 웃자 별이 역시 생글거리며 말했다.

"얘들아, 우리 학원 갈래? 엄마가 학원에서 파티한다고 너네들 데리고 오래."

"좋아."

시험이 끝나는 날에는 친구들과 놀러 간다. 이 당연한 공식을 현실에서 이루지 못했다는 게 조금 슬펐다. 그러나 꿈속에 있을 때는 현실을 의식적으로 생각하지 않기로 했다. 나는 학교를 나서기 전에 쿠션과 팔레트를 꺼내 화장을 했다. 어렵기만 했던 화장도 이제는 제법 잘할 수 있다.

별이네 미술 학원은 새 건물이었고 전체적으로 깔끔한 분위기였다. 원장인 별이 엄마가 예쁜 투피스를 입고 별이와 꼭 닮은 웃음을 지으며 인사했다. 우리는 탄산이 가득 든 음료수를 마시고 페이스 페인팅을 받았다. 커다란 홀 가운데에는 다양한 색깔의 물감이 올라간 팔레트와 이젤이 여러 개 놓여 있었다.

"자유롭게 그려 봐. 그림 그리기는 마음을 편하게 해 준단다."

별이 엄마가 말했다. 별이는 우리 그림을 감상할 생각인지 한 발 물러났고 라희와 나는 이젤 앞에 앉았다. 붓을 들고 종이에 물감을 칠하자 가슴이 뛰었다. 그전까지는 느껴 보지 못한 감정이었다. 나는 완전히 몰입한 상태로 붓을 움직여 형체를 잡아 나갔다. 몇 분처럼 느껴지는 몇십 분이 지나갔고, 아무도 나를 방해하지 않았다.

"다 그렸다."

나는 붓을 내려놓고 그림을 바라보았다. 다양한 색으로 형체를 이룬, 보조개가 파인 단발머리 소녀의 얼굴이었다. 감탄의 눈빛으로 그림을 바라보던 별이가 말했다.

"이거…… 나야?"

"응."

모두 말문이 막힌 것 같았다.

"너 미술 학원 다닌 적 있어?"

"아니."

"유주라고 했지?"

이_새 내 뒤로 다가온 별이 엄마가 말했나.

"재능이 정말 뛰어나구나. 그림에 누구도 따라올 수 없는 독특한 힘이 있어. 진로가 미술 쪽이니?"

"아뇨."

나는 고개를 흔들었다. 기분은 잠깐 좋았지만 그뿐이었다. 나에게는 어떤 재능도 꿈도 없었다. 내가 이렇게 뛰어난 그림을 그려 낼 수 있는 건 단지 꿈속이기 때문이다. 모든 것이 내 마음대로 되는 욕망의 세계이기 때문에. 외모, 인기, 성적 그리고 재능까지. 나는 스스로를 비웃고 싶었다. 재능에 대한 열망은 나조차도 깨닫지 못했던 무의식의 영역이었으니까.

"다른 꿈이 있어?"

별이 엄마가 물었다. 나는 고개를 저었다.

"없어요."

"그렇다면 미술 쪽으로 진로를 생각해 봐도 좋을 것 같아. 부모님과 상의해 보렴."

"맞아, 이런 재능을 썩히는 건 아깝지."

라희가 거들었다. 나는 억지로 웃어 보였다. 오늘따라 꿈속에 완전히 몰입할 수가 없었다. 어차피 오늘 밤에 잠들면 거지 같은 현실로 돌아갈 거라는 생각이 계속 머릿속을 맴돌았다. 별이 엄마는 내가 그린 그림을 이젤에서 떼어 내 커다란 쇼핑백에 조심스럽게 담아 주었다.

"부모님께 보여 드려. 분명 나와 같은 생각을 하실 테니까."

나는 쇼핑백을 들고 별이, 라희와 함께 걸어 나왔다. 별이가 난감하다는 듯이 살짝 웃어 보였다.

"미안. 우리 엄마가 재능 있는 애를 발견하면 좀 맹목적이야. 직업병이라고나 할까."

"아니야, 나는 그렇게 말해 주셔서 기뻐."

내 대답에 라희가 진지하게 말했다.

"너 정말 잘 그리더라. 네가 그림 그리는 걸 본 적이 없어서 이런 재능이 있는지 몰랐어."

"나도 그래. 어렸을 때는 그림을 좋아했던 거 같은데 기억이 잘 안 나."

"진로를 미술 쪽으로 삼을 생각이 있어?"

별이가 물었다. 나는 잠깐 침묵했다.

"응. 정말 그러고 싶어."

조금 후에 나온 말은 속에 가두지 못한 진심이었다.

(12)

 꿈속이 풍요로워질수록 현실은 암담해졌다. 나는 기말고사를 치렀지만 이번에는 잊지 않고 시험지를 잘 치워 두었다. 그러자 엄마는 내가 시험을 봤다는 사실조차 몰랐다.
 나는 여전히 혼자였다. 이동 수업을 한다거나 자유 시간을 준다거나 급식을 먹는다거나 하는 모든 순간에 혼자였다. 복도를 걸을 때마다 아이들이 날 쳐다보고 내 욕을 하는 것 같았다. 일부는 피해망상이겠지만 내가 기피 대상으로 낙인찍힌 것만큼은 확실했다. 그렇지만 난 버틸 수 있었다. 알약을 먹고 잠들면 그곳에 내 세계가 있었으니까.
 그날 밤도 나는 거실 선반 밑으로 손을 넣어 약병을 꺼냈다. 약병을 방으로 가져가면 될 걸 왜 매일 밤 알약을 꺼내 먹고 다시 넣어 두고를 반복한 걸까. 사실 들킬까 봐 두려웠다. 이 약이 왜 우리 집에 있는지는 모르겠지만 내가 이 약을 먹는다는 사실을 아무도 몰랐으면 좋겠다고 생각했다. 그 생각이 무색하게 통에 꽉 차 있던 초록색 알약은 이미 반이 넘게 없어졌다. 약통을 뒤집자 알약 하나가 손에 툭 떨어졌다. 그때 어둠 속에서 누군가의 목소리가 들렸다.

"뭐 해?"

나는 소스라치게 놀라 뒤를 돌아보았다. 침입자다. 거대한 생명체가 내 쪽으로 다가왔다. 썩은 내가 나는 그것은 반격할 새도 없이 내 손 위에 있던 약통을 잡아챘다. 나는 공포에 사로잡힌 와중에도 약통을 빼앗기면 안 된다는 생각에 소리를 질렀다.

"돌려줘!"

"너 설마…… 여태까지 이걸 먹은 거야?"

목소리는 어딘가 익숙했다. 나는 눈을 비비고 자세히 보았다. 언니였다. 이 년 동안 방문을 굳게 걸어 잠그고 고립된 언니. 날씬하던 몸이 언제 저렇게 불어 버렸는지 모를 일이었다.

"언니랑은 상관없잖아."

나는 손을 뻗어 약통을 잡으려 애썼다. 언니는 그런 나를 옆으로 밀어 버리고선 말했다.

"이제 그만해."

또다. 고유한과 똑같은 말. 그 약이, 그 세계가 나에게 얼마나 큰 의미인지 모르는 걸까. 나는 언니를 노려보며 말을 내뱉었다.

"이제 와서 나 신경 쓰는 척하지 마. 이 년 동안 자기 연민에 빠져서 우리 집을 이 지경까지 파탄 낸 주제에."

"뭐?"

"언니가 언니 수준 진작에 인정했으면 이럴 일도 없었어. 몇 수였지? 사 수? 그러고도 대학 못 가고 방에서 그러고 있는 게 자기 연민이지 뭐야?"

언니의 안색이 창백해졌다. 나도 내 입에서 나오는 말들이 놀라웠다. 나는 원래 이렇지 않았다. 꿈속을 넘나들며 내 성격까지 바뀐 걸까? 언니가 내 말에 괴로워한다는 걸, 그게 어떤 결과를 초래할지 모른다는 걸 알면서도 멈출 수 없었다.

"언니 꿈이 의대였던 거 알아. 실패한 걸로 누가 뭐래? 다시 도전하든가 아니면 깔끔하게 포기하든가! 문 걸어 잠그고 은둔형 외톨이 행세하면 뭐가 달라지냐고. 엄마가 얼마나……."

목이 메었다. 내 말이 끝나기도 전에 언니는 뒤돌아 자기 방으로 걸어갔다. 쿵, 문이 닫히는 소리가 들렸다.

다음 날 나는 똑같은 현실에서 눈을 떴다. 언니가 약통을 가져가 버려서 남은 약은 하나뿐이었다. 그건 비상사태에 대비해 아껴둬야 했다. 온종일 언니가 신경 쓰였다.

학교에서 돌아오자마자 나는 여전히 언니 방문에 귀를 대고 있는 엄마에게 달려갔다.

"엄마! 언니는……."

엄마는 기겁하며 내 입을 틀어막았다. 그리고 나를 거실까지 끌고 갔다. 숨이 막혀 엄마의 팔을 치자 비로소 풀려날 수 있었다.

"큰 소리 내지 말랬지."

"언니 별일 없어요?"

"갑자기 왜?"

난 고개를 저었다. 엄마는 다시 방문 쪽으로 걸어가며 말했다.

"소리 내지 마. 안에서 다 들리니까."

아빠랑 싸울 땐 큰 소리 내면서. 그 소리야말로 방에 다 들리는걸. 나는 속으로 생각했다. 언니에게 별일이 없는 건 다행이지만 내 상황도 좋지 않았다. 알약 없이 얼마나 버틸 수 있을지 몰랐으니까.

13

 약 없이 일주일이 지났다. 나는 손 위에 놓인 초록색 알약을 가만히 내려다보았다. 트윈. 쌍둥이라는 뜻이다. 정확히는 쌍둥이 중의 한 명. 그 누구보다도 꿈속의 내가 보고 싶었다.
 '그냥 먹을까?'
 더 이상 버틸 수가 없었다. 하루하루 눈을 뜨는 것이 지옥이었다. 나는 자정이 되기 전 알약을 혀 위에 올려놓았다. 그곳으로 가는 것이 마지막이라고 생각하니 아쉬운 마음이 들었다. 나는 알약을 삼키고 침대에 누웠다. 후회는 들지 않았다. 내일 눈을 뜨는 건 괴롭지 않을 테니까.

 "유주야, 일어나!"
 꿈이다. 나는 눈을 뜨자마자 핸드폰으로 날짜를 확인했다. 내가 마지막으로 꿈속에서 살았던 그날의 다음 날이었다. 현실과는 이

주일 차이가 났다. 이곳으로 오지 못한 동안은 시간이 멈추는 것 같다. 마치 게임에 접속하면 저장한 시점에서 그다음 일이 이어지는 것처럼. 나는 집을 나서다 말고 언니 방문을 한번 돌아보았다. 몇 번이고 꿈속 언니에 대해 물어보려고 했지만 용기가 나지 않았다. 내가 감당할 수 없는 사실을 듣는다면? 그래서 꿈속 엄마 아빠조차 웃음을 잃는다면?

언제나 그렇듯이 학교에 들어섰지만 모든 감각이 새로웠다. 내일이면 나에게 인사하는 별이를 못 볼 거고 늘 종 치기 일 분 전에 후다닥 들어오는 라희도 못 볼 것이다. 이곳의 장주혁 선생님은 어쩐지 동질감이 들고……. 나는 묘한 기분으로 고개를 돌렸다. 그 순간 은휘성이 보였다. 심장이 쿵 떨어지는 것 같았다.

"안녕, 유주야."

은휘성이 대각선 자리에 앉으며 말했다. 나는 손을 흔들며 다른 생각을 했다. 너는 이게 우리의 마지막 인사라는 걸 알까.

"내일 바빠?"

나는 반사적으로 고개를 들었다.

"아니, 왜?"

"내가 오래전부터 알던 사람이 전시회를 하거든. 너 그림 그리는 거 좋아하잖아. 같이 갈래?"

나는 은휘성을 바라보았다. 내가 그림 그리는 걸 좋아하는지 어떻게 알지? 하지만 그건 사실이었다. 부모님은 내가 그린 그림을 보고 감탄했고, 난 별이와 함께 일주일에 두 번씩 미술 학원에 다니기로 했다. 은휘성이 오래전부터 알던 사람이 누군지 궁금했지만 묻기도 전에 저절로 대답이 나왔다.

"좋아."

은휘성이 씩 웃고는 몸을 돌렸다. 그 애 뒷모습을 바라보고 있으니 가슴이 뛰었다. 그러나 박동은 천천히 잦아들었다. 나에게 내일은 없다는 사실이 기억났다. 마지막 남은 하루를 온전히 누리려고 했지만 그럴 수 없었다. 다시는 이곳에 올 수 없다는 생각이 계속 맴돌았다.

집에 돌아와서 엄마를 보자 눈물이 날 것 같았다. 현실의 엄마가 이렇게 변할 가능성이 있을까? 언니가 방에서 나오지 않는 이상 0퍼센트에 가깝다. 어떻게든 시간을 붙잡으려 애썼지만 시간은 흐르기 마련이다.

시계를 보니 자정이 넘었다. 꿈속에서는 자정 이후에 잠든 적도 많지만 눈을 뜨면 어김없이 현실로 돌아왔다.

'내일 전시회에 가야 하는데.'

학교 밖에서 은휘성을 만나는 건 처음이었다. 앞으로 일어날 일을 내가 알 방법은 없겠구나. 마음이 무거웠다. 지금까지 겪었던 것과는 차원이 다른 무게감이었다. 눈을 감으면…….

'눈을 감으면?'

머릿속에 반짝하고 생각이 떠올랐다. 잠을 자면 현실로 돌아간다. 즉, 잠을 안 자면 계속 이곳에 머무를 수 있다. 나는 화장실로 달려가 정신이 번쩍 들 만큼 차가운 물로 세수를 했다. 그리고 거울에 비치는 여자아이를 보며 생각했다. 내일을 보고 말 거야.

밤을 새우는 건 생각보다 어렵지 않았다. 눈이 감기는 고비를 몇 번 넘으니 아침이 되었다. 나는 핸드폰을 보았다. 6월 28일 토요일, 오전 9시 44분. 은휘성과 약속한 시간이 가까워졌다. 나는 피곤해 보이는 눈 밑에 쿠션을 두드리고 밤새 고른 검은색 카디건과 하얀 치마를 입었다. 변변찮은 사복 하나 없는 현실과 달리 꿈속 옷장에는 나와 어울리는 옷들이 가득했다. 정류장에 나가자 은휘성이 보였다. 뜨겁게 내리쬐는 태양 아래 은휘성의 얼굴에 태양보다 밝은 웃음이 번졌다.

"왔구나."

"응."

옆에 서서 걷자 은휘성의 키가 훨씬 크게 느껴졌다. 버스에 나란히 앉으니 심장이 간질거렸다. 오늘따라 은휘성은 말이 없었다. 나는 그런 은휘성을 바라보았다. 흔들리는 검은색 머리카락, 생각에 잠긴 눈, 쭉 뻗은 콧대, 반짝이는 미소가 걸린 입, 시원한 턱선. 몇 초 동안 은휘성을 보고 있으니 은휘성도 나를 바라보았다. 그 순간 나는 깨달았다. 은휘성도 나를 의식하고 있구나. 그 애의 귀가 그때처럼 붉어져 있었다.

은휘성은 도심지 정류장에서 내렸다. 하늘에 닿을 것처럼 높은 건물들이 무채색 숲을 이루었다. 그곳을 걷는 사람들은 표정이 없었다. 나는 문득 겁에 질렸다. 이곳은 내가 현실에서 한 번도 와 보지 않은 곳이었다. 이들에게 표정이 없는 것은 단순한 우연일까? 그 어떤 건물들보다 높이 솟아오른 빌딩이 보였다. 온통 유리로 된 빌딩은 햇빛을 반사하며 오색찬란한 무지갯빛으로 빛났다. 맨 윗부분에는 어딘가 익숙한 글자와 함께 로고가 박혀 있었다.

㈜퓨처바이오.

은휘성이 내 손을 잡아끌었다. 그 애는 표정 없는 사람들이나 유리로 된 빌딩에는 관심이 없는 것 같았다. 나는 빠르게 울려 대는 심장 박동이 은휘성과 손을 잡았기 때문인지, 예상치도 못했던 퓨처바이오를 마주했기 때문인지 알 수 없었다. 다행히도 은휘성을 따라 들어간 전시관에서는 사람들도 빌딩도 보이지 않았다. 무겁게 내려앉은 분위기에 그림 몇 점이 걸려 있을 뿐이었다. 나는 왜인지 숨이 막히는 기분을 느끼며 은휘성을 따라 걸었다. 전시관의 어두운 분위기와는 다르게 그림들은 아름다웠다. 탁 트인 들판이나 끝없이 펼쳐진 바다 그리고 그곳에 서 있는 사람을 그린 그림이 대부분이었다. 기이할 정도로 아무도 없는 전시관을 은휘성과 걷고 있으니 심해를 헤쳐 나가는 기분이 들었다. 어두컴컴한 공간이라 그런지 눈이 감겼다.

'안 돼, 자면 안 돼. 자면 현실로 돌아가.'

나는 잠들지 않으려고 필사적으로 버티다가 벽 한 면을 꽉 채울 정도로 거대한 그림을 마주했다. 가운데 하얀빛으로 발광하는 사람이 있었다. 그는 괴로움에 몸부림치며 두 사람으로 분열되고 있는 것처럼 보였다. 자기 손으로 자기 가슴을 찢고 있었다. 예술적인 그림이었지만 아름답지 않았다. 섬뜩했다.

"은휘성."

나는 미동 없이 그림만 바라보는 은휘성의 소매를 살짝 잡았다. 이곳에서 나가고 싶었다. 나를 내려다본 은휘성은 깜짝 놀라 밖으로 데려다주었다.

"괜찮아?"

은휘성이 심각한 표정으로 물었다. 나는 그제야 내 눈에 눈물이 가득 고였다는 것을 깨달았다.

"응. 저 그림을 보니까 왠지 모르게 슬퍼서."

"나도 그래."

"네가 오래전부터 알던 사람이 전시회를 한다고 했잖아. 혹시 그게 누구인지 물어봐도 돼?"

"전시회를 연 사람? 아니면, 그림을 그린 사람?"

은휘성이 반문했다. 나는 잠시 말문이 막혔다. 그 두 사람이 다르다는 말일까?

"그림을 그린 사람."

"우리 형이야."

은휘성이 말했다. 귀를 기울이지 않으면 들리지 않을 정도로 작은 목소리였다. 더 묻고 싶었지만 용기가 나지 않았다. 꿈속에서도 용기가 없어 말을 못 할 거라고는 생각하지 못했는데.

몇 분 후에 은휘성은 평소 같은 표정으로 돌아와 말했다.

"파스타 맛있는 곳 아는데 갈래?"

"응!"

내 대답에 은휘성은 아무 문제도 없는 것처럼 웃었다. 마음이 놓였다. 그 뒤로 이어진 시간은 꿈결 같았다. 너무 행복해서 깨고 싶지 않은 꿈. 은휘성이 어떤 이야기를 했는지는 잘 기억나지 않지만 그 애의 쾌활한 웃음과 호의적인 목소리는 오랫동안 잊히지 않았다. 아주 오랫동안.

(14)

"허억, 허억."

 나는 심호흡을 했다. 금단 증상이었다. 숨이 잘 쉬어지지 않았다. 은휘성과 전시회에 갔다가 돌아온 날, 너무 졸린 나머지 화장도 지우지 못하고 잠들었다. 이후로는 어떻게 됐는지 모른다. 그 세계로 돌아갈 약이 없었으니까. 숨을 제대로 쉴 수 없는 것은 약을 먹지 않은 뒤로 나타난 증상이었다 생존을 위한 기본적인 행위마저 박탈당한 나는 더 이상 아무것도 할 수 없었다. 병원에 가서 진단서를 끊고 결석하는 것도 한두 번이지, 아직 방학까지는 며칠이나 더 남아 있었다. 내일도 결석하면 엄마는 나에게 어떤 문제가 있다고 생각할 것이 분명했다.
 나는 며칠 전부터 밤마다 복도에 앉아 있었다. 온 집 안을 헤집으며 약병을 찾아봤지만 어디에도 없었다. 언니. 언니가 방에서 나올 때를 기다려야 했다. 시계를 보니 자정이 넘어 있었다. 언니는 한밤중에만 움직였다. 엄마와 아빠는 언니가 자기들을 마주치기 싫어한다는 걸 알기에 일찍 잠자리에 들었다. 그렇지만 오늘 언니가 나올지는 미지수였다. 어둠 속에 몸을 숨기고 기다리는 수밖에.

몇 시간이나 지났을까. 벽에 머리를 기대고 졸고 있는데 끼익 하고 문 열리는 소리가 났다. 언니였다. 언니는 옷 꾸러미를 안고 화장실로 들어갔다. 씻으려는 거구나, 확신이 들었다. 다행히 언니는 날 보지 못했다. 나는 화장실 문이 닫힐 때까지 기다렸다가 언니 방으로 미끄러져 들어갔다. 훅 하고 퀴퀴한 음식물 냄새가 끼쳤다. 난 손을 뻗어 불을 켰다.

"헉."

방에는 쓰레기가 가득했다. 대부분 국물이 묻은 플라스틱 용기였다. 가끔 밤마다 들리는 현관문 여닫는 소리가 배달 음식 가져오는 소리였나 싶었다. 한편으론 언니가 그렇게 몸이 불어 버린 것도 이해가 갔다. 하루 종일 방에만 있으면서 이런 고칼로리 음식만 먹으니 살이 찔 수밖에 없었을 것이다. 나는 쓰레기들을 뒤적이며 약병을 찾았다. 그렇지만 약병은 어디에도 없었다. 최악의 상황이 머릿속에 그려졌다.

'만약 언니가 약을 숨긴 게 아니라 버렸다면?'

나는 절망적인 기분으로 눈을 돌렸다. 눈이 닿는 모든 곳에 쓰레기가 쌓여 있었다. 그걸 보니 기분이 이상했다. 언니의 환경은 열악했다. 어쩌면 나보다 훨씬 더. 언니는 이 작은 방 안에서 몇 번이나 무너졌을까.

그 순간 책상 아래 서랍이 보였다. 꽉 닫혀 있어서 유일하게 쓰레기가 침투할 수 없는 곳이었다. 난 서랍을 열었다. 안쪽에 뭔가가 들어 있었다. 손을 뻗어 그것을 꺼냈다. 만들다 만 캡슐처럼 생긴 기계였다. 철판 위에 작은 전구들과 전선이 어지럽게 엉켜 있었다. 맨 아래쪽 초록색 고정판 위에 적힌 글자가 보였다.

TWIN.

나는 기계를 놓쳤다. 공허한 텅 소리가 울렸다. 물소리가 들리지 않았다. 언니가 곧 나온다는 신호다. 어차피 이곳에 약은 없었다. 나는 쓰레기로 가득한 방을 한 번 둘러보고는 빠져나왔다.

(15)

여름 방학이 되었다. 유일하게 숨통이 트이는 기간. 방 밖으로 나오지 않는 이상 엄마도, 아빠도 내게 신경을 쓰지 않는다. 나는 눈에 띄지 않게 물을 한 잔 가져온 다음 머리를 하나로 질끈 묶었다. 그리고 컴퓨터 전원 버튼을 눌렀다. 방학이 시작된 후 반복해 온 루틴이다. 나는 눈뜰 때부터 감을 때까지 인터넷에 약을 검색했다. 그렇지만 약에 대해 아는 정보가 많지 않았기에 찾을 수 있는 게 거의 없었다.

나는 검색창에 퓨처바이오를 입력했다. 여전히 그 회사의 정보는 찾을 수 없었다. 그런데 새로 올라온 질문 글이 눈에 들어왔다.

퓨처바이오 약 관련 질문입니다.

나는 그 글을 클릭했다.

제가 얼마 전에 알약을 먹었는데요. 초록색 캡슐형이고 중간에 알파벳이 새겨져 있었습니다. 스펠링은 기억이 잘 안 나고요. 포장재에 ㈜퓨처바이오라고 적혀 있었는데……. 약 이름을 모르겠어서 질문 남깁니다. 약 이름 아시는 분 계신가요? 그리고 이거 어디서 살 수 있나요?

정확히 내가 궁금한 내용이었다. 나는 떨리는 마음으로 마우스 스크롤을 내려 답변을 확인했다.

퓨처바이오는 제약 회사로 진통제 등을 제조하고 있습니다. 약은 증상에 맞게 섭취하는 것이 중요합니다. 증상을 자세히 알려 주시면 필요한 약을 추천해 드리겠습니다. 도움 되셨다면 채택 부탁드립니다.

한숨이 나왔다. 스크롤을 다시 올리자 질문 글 아래에 메시지 아이콘이 보였다. 아이콘을 클릭하자 댓글이 하나 나왔다. 링크였다. 탈퇴한 사용자가 보낸. 나는 바이러스가 아닐까 의심했지만 링크를 클릭했다. 약을 구할 수만 있다면 뭐든 상관없었다. 로딩이 길어지더니 알림창이 떴다.

트윈 거래 장터

스크롤을 내리자 여러 사용자가 올린 게시글 제목을 볼 수 있었다.

[서울] 사각역에서 한 달 치 판매합니다. (0)

아빠한테 약 들켰어요…… (3)

[운성 남부] 일주일 치 판매 (0)

[택배 거래] 남은 약 특가 처분 (17)

택배 거래 다 사기니까 웬만하면 하지 마세요. (10)

너무 힘들어요. (7)

한 달 치 직거래 원합니다. 장소 불문 (1)

나는 스크롤을 쭉 내렸다. 약을 구할 수 있는 암거래 사이트였다. 운영자도 사용자도 전부 익명이었다.

한참 내리다 보니 우리 지역에서도 직거래한다는 글이 보였다. 나는 그 글을 클릭했다.

회원에게만 공개된 게시글입니다.

하단에 가입 버튼이 있었다. 버튼을 누르자 이름, 생년월일, 이메일 그리고 전화번호를 써야 했다. 완료 버튼을 누르자 '가입되셨습니다'라는 문구와 함께 띵, 띠리링 하는 음악이 흘러나왔다. 나는 스피커 아이콘을 클릭해 음 소거로 바꾸고 아까 그 글을 읽었다.

한 달 치 판매합니다. 운성역에서 직거래할 거고요. 정확한 위치와 시간은 채팅 걸어 주세요.

나는 묻고 따지고 할 것도 없이 작성자에게 메시지를 보냈다.

구매하고 싶은데 사진 볼 수 있을까요?

바로 읽음 표시가 떴다. 몇 시간처럼 느껴지는 몇 분 후에 사진이 도착했다. 그 약이었다. 가운데에 트윈이라는 글자가 새겨진 초록색 캡슐형 알약. 나는 급히 키보드를 두드렸다.

얼마인가요?

팔만 원입니다.

예상보다 비싸긴 했지만 내 계좌에는 백만 원 넘게 있다. 용돈을 받아도 쓸 데가 없던 덕분이었다. 나는 답을 보냈다.

구매하겠습니다.

나는 운성역 8번 출구 안쪽에서 초조하게 판매자를 기다렸다. 십 분째였다. 만 원권 지폐 여덟 장을 들고 있는 손이 땀으로 흥건했다. 저 멀리서 검은 모자를 눌러 쓴 여자애가 걸어오는 게 보였다. 기껏해야 나와 비슷하거나 한두 살 많은 것 같았다.

"이거 구매하려는 분…… 맞죠?"

여자아이가 내 앞까지 다가와 검은색 비닐봉지를 내밀었다. 나는 봉지를 받아 들고 안쪽을 보았다. 하나씩 포장된 초록색 알약 무더기가 보였다. 돈을 받은 여자아이는 누가 보기라도 할까 봐 두려운지 걸어온 반대 방향으로 몸을 휙 돌렸다. 나는 여자아이를 불렀다.

"저기……."

몇 걸음 걷던 여자애가 고개를 돌렸다. 그 바람에 캡 모자 아래에 가려진 눈이 잠깐 보였다. 그 안에는 익숙한 감정들이 있었다. 두려움과 불신. 나는 입을 뗐다.

"이 약…… 어디서 구하셨어요?"

"사이트에서요."

여자아이는 속삭이듯이 말하고는 뒤돌아 뛰어갔다.

암거래 사이트는 그야말로 내 숨통을 열어 주었다. 게시 글의 70퍼센트는 전국 각지에서 약을 사고파는 거래였고, 30퍼센트는 자신의 인생을 한탄하는 글이었다. 택배 거래는 사기가 많다는 소문 때문인지 직거래를 선호하는 사람이 많았지만 개중 집 밖으로 나갈 용기도 없는 사람들은 택배 거래를 택하는 수밖에 없었다. 글 내용으로 봐서 사용자들은 대부분 십 대, 혹은 이십 대 초중반 같았다. 그들의 인생이 너무나 암울해서 그에 비하면 내 인생은 평범하게 느껴질 때도 있었다.

그렇지만 우리에겐 공통점이 있었다. 약을 먹지 않으면 더 이상 이 세상에서 살아갈 수 없다는 것.

16

"유주야, 오늘 너무 예쁘다."

별이가 나를 보고 환하게 웃으며 말했다. 별이의 웃음에는 어떤 부정적인 감정도 섞이지 않았다. 그러면서도 그 애는 솔직했다. 그게 내가 별이를 좋아하는 이유다. 나는 탈의실 벽면에 붙은 거울을 바라보았다. 러플이 가득한 하늘색 원피스 수영복을 입은 여자아이가 별을 빼다 박은 것처럼 빛나는 눈으로 나를 쳐다보았다.

"너도 예뻐."

찰랑이는 단발머리에 래시가드를 입은 별이 뒤에서 라희가 나타났다.

"뭐야, 나는?"

"당연히 너도지."

라희는 언제나 조금 더 성숙한 스타일을 즐겨 입었다. 지금 입은 검은색 크롭탑은 라희 특유의 분위기를 잘 살렸다. 별이가 덧

붙였다.

"머리도 잘 어울려. 화장은 언제 했대?"

"그러게, 오늘 장난 아닌데?"

라희가 웃으며 우리를 한꺼번에 끌어안았다가 놓았다.

"이제 가자. 남자애늘 기다리겠다."

별이와 라희는 아무렇지도 않은 것 같았지만 나는 가슴이 두근거렸다. 이런 애들한테는 남자애들과 워터파크에 오는 게 정말 아무렇지도 않은 일일까? 무엇보다 중요한 건 그 남자애들 가운데 은휘성이 있다는 사실이었다. 통로를 나가자 은휘성과 남자애들이 보였다. 모두가 흐릿하고 은휘성만 별처럼 빛나 보였다.

"안녕."

은휘성이 웃으며 한 손을 들었다. 평소의 쾌활한 웃음이 아닌 어딘가 특별한 웃음이었다. 나를 보고 웃는 걸까? 라희가 말했다.

"워터슬라이드부터 가자. 몇 시간 지나면 사람 몰릴 거야."

"이번에 새로 생긴 슬라이드 말하는 거지? 엄청 재밌어 보이더라."

은휘성이 대답했다. 라희와 스스럼없이 이야기를 나누는 은휘성을 보니 헷갈렸다. 은휘성은 나에게 관심이 없나? 같이 전시회에 가자고 한 건 아무 의미도 없었던 걸까? 정말로 그냥 내가 그림을 좋아해서?

워터슬라이드 앞에 도착하자 줄을 서 있는 사람들 너머로 슬라이드가 훤히 보였다. 안전장치 하나 없는 물 흐르는 슬라이드에 사람들이 다섯 명씩 튜브를 탄 채 미끄러졌다. 사람들의 함성은 환호보다는 비명을 연상케 했다.

"나, 난 못 해. 너희끼리 타."

나는 뒷걸음질 쳤다.

"무슨 소리야, 같이 타야지."

은휘성 옆에 있던 남자아이가 장난 섞인 목소리로 말했다. 나는 고개를 저었다.

"탑승 인원도 다섯 명이잖아. 여기서 기다리고 있을 테니까 타고 와."

말을 마친 나는 라희에게 간절한 눈빛을 보냈다. 라희는 내 눈빛을 이해했는지 몸을 돌렸다.

"유주는 원래 롤러코스터도 못 타. 빨리 타고 오자."

"내가 유주랑 있을게."

나는 고개를 돌렸다. 은휘성이었다. 아이들이 대화를 몇 번 주고받더니 워터슬라이드 쪽으로 뛰어갔다. 나는 기어들어 가는 목소리로 말했다.

"저 슬라이드 재밌어 보인다고 했잖아."

"가까이서 보니까 무서워."

은휘성이 빠져들 것 같은 웃음을 띤 채 말했다. 거짓말. 서운했던 마음이 눈 녹듯 사라졌다. 나는 은휘성과 벤치에 앉아 색색의 수영복을 입은 사람들을 바라보았다. 다들 웃고 있었다. 내 옆에 앉은 아이만큼은 아니지만 그들도 아름다웠다. 문득 암거래 사이트에 있던 사람들이 떠올랐다. 같은 나이에 같은 세상을 살아가는데 어떻게 이렇게 다를 수 있을까.

"저 사람들은 괴로운 일도 없겠지?"

"설마."

은휘성이 가볍게 답했다. 그러고 보니 전시회 생각이 났다. 그림을 그린 사람이 누구냐는 물음에 형이라고 답하며 얼굴에 그늘을 드리웠던 은휘성도 함께. 겉보기에는 어떤 괴로움도 없을 것 같은 아이에게 그런 표정은 의외였다. 내 생각을 읽기라도 한 건지 은휘성이 말했다.

"나는 네가 더 묻지 않아서 좋았어."

"그건……."

용기가 없어서였다. 나에게도 비밀이 있으니까. 은휘성이 몸을 돌려 나를 바라보았다. 그 순간 심장이 뛰었다.

"그 반짝이는 눈으로 날 보면서 기다려 줄 수 있다고 말하는 것 같아서……."

은휘성은 자신이 어떤 눈빛으로 어떤 말을 하는지 자각하지 못하는 것 같았다. 그때 흠뻑 젖은 아이들이 와자지껄하게 떠들며 출구로 쏟아져 나왔다. 우리는 계단을 내려가 구명조끼를 입고 파도풀에 뛰어들었다. 수영을 잘하는 라희는 나와 별이를 자유자재로 깊은 곳까지 끌고 갔다. 발이 안 닿는 구간까지 헤엄쳐 들어가자 제대로 움직일 수가 없었다. 나는 몸에 힘을 빼고 파도가 날 이끄는 대로 따라갔다. 밝게 타오르는 태양. 새파란 하늘과 하늘을 반사한 듯한 파도. 나를 아끼거나 적어도 호의적으로 생각하는 사람들. 시간을 멈추고 싶었다. 이곳에서 살고 싶었다. 영원히.

탁 소리와 함께 약한 통증이 밀려왔다. 파도에 밀려 벽면에 부딪힌 것 같았다. 순간 눈앞에 검은색 화면이 보였다. 나는 침대에 누워 있었다. 다시 눈을 감았다 뜨니 소란스러운 워터파크로 돌아왔다. 귀에서 이명이 울렸다.

'뭐지? 방금 현실에 갔다 온 건가?'

누군가 내 어깨를 살짝 쳤다. 은휘성이었다. 그 애의 머리카락을 타고 물방울이 떨어졌다. 나는 물방울이 은휘성의 검은색 민소매 위를 굴러 파도 안으로 부서져 사라질 때까지 눈으로 쫓았다. 은휘성이 웃었다.

"뭐 봐?"

"물방울."

"애들 유수풀 간대. 같이 갈 거지?"

"응."

"내가 데리고 가 줄까?"

은휘성이 물었다. 나는 눈을 깜박였다. 그러고 보니 아직도 바닥에 발이 닿지 않았다.

"넌 발 닿나 보네?"

"이 정도는."

은휘성이 웃으며 말했다. 나는 은휘성의 손을 잡고 얕은 곳까지 이끌려 갔다.

"근데…… 우리 여기 온 거 반 애들이 알까?"

내 물음에 은휘성은 잠깐 생각에 잠겼다.

"김라희나 다른 애들 SNS 봤으면 알 거 같은데. 왜?"

"고유한이 나타날까 봐."라고는 말할 수 없었다. 나는 고개를 저었다. 유수풀을 몇 바퀴나 돌고 난 후에는 성화에 못 이겨 경사도가 낮은 슬라이드도 탔다. 동시에 부딪히지 않으려고 조심하고 또 조심했다. 아까처럼 갑작스럽게 현실에서 깨어나면 어떻게 될까? 이곳에선 그냥 기절해 버리는 걸까? 하늘이 새파랬다. 유일하게 현실과 똑같은 부분이었다.

17

"유주야, 다 챙겼어? 필통이랑 교과서랑……."

"다 챙겼어. 완벽해."

나는 소파에 누워 건성으로 대답했다. 오늘은 8월 12일, 방학 마지막 날. 내일부턴 개학이었다. 현실에서는 이미 몇 주 먼저 개학해서 학교에 다니고 있었다. 약을 못 먹은 기간 때문에 시간차가 늘어났지만 사이트에서 약을 구할 수 있게 된 뒤로는 매일 밤 약을 먹었다. 현실에서 여전히 나는 혼자였지만 괴로운 하루가 끝나면 꿈으로 갈 수 있어서 견딜 만했다. 가끔씩 두 세계가 연결되는 것 빼고는 별 문제도 없었다. 현실에서 잠깐 졸기라도 하면 꿈속 풍경이 보였고, 꿈속에서 물리적인 충격을 받으면 검은색 화면이 나타나면서 잠깐 현실의 모습이 보였다. 두 세계가 지속되는 시간은 몇 초밖에 되지 않았지만.

"학교 가기 싫다는 말을 안 하네?"

부엌에 있던 엄마가 나에게 다가오며 말했다. 난 소파에서 몸을 일으키며 되물었다.

"내가 그런 말을 했었어?"

"그럼. 방학을 얼마나 좋아했는데. 대체 무슨 일이 생긴 거야, 잉유주?"

"무슨 일이 있긴 했지."

나는 창밖으로 눈길을 돌리며 대꾸했다. 엄마의 눈이 순간 반짝이더니 나에게 달려들어 간지럼을 태웠다.

"말해 줄 때까지 안 멈춘다?"

의식하지 못하는 새 낭랑한 웃음소리가 새어 나왔다. 꿈속에선 매번 이렇게 웃어넘기는데도 어색했다.

"그만, 그만!"

"말해 줄 거야?"

"내가 저번에 보여 준 사진에 남자애 있잖아. 은휘성이라고."

단짝에게 비밀 이야기를 하는 것처럼 가슴이 두근거렸다. 엄마가 물었다.

"검은색 옷 입은 애?"

"응, 나 걔 좋아하는 것 같아."

엄마가 동그란 눈으로 나를 마주 보더니 납득된다는 듯이 고개를 끄덕였다.

"애가 눈빛이 다르긴 하더라."

"뭐라고?"

현관문 잠기는 소리가 나더니 야근을 마친 아빠가 들어왔다.
"당신 언제 나만 빼고 그런 사진을 봤어? 딸! 아빠도 그놈 얼굴 좀 보여 줘."
"어? 아빠 왔어?"
"은근슬쩍 넘어가려는 거지? 아빠한테는 안 통한다."
아빠가 자신만만하게 팔짱을 꼈다. 나는 어쩔 수 없이 핸드폰 사진 앱을 눌러 워터파크에서 찍은 단체 사진을 아빠에게 내밀었다. 엄마가 아빠 곁에 붙어 누구라고 알려 주었다. 사진을 본 아빠는 한동안 말이 없더니 핸드폰을 내게 건네며 말했다.
"유주야, 잘생긴 남자는 믿는 거 아니야. 네 엄마 봐. 아빠같이 잘생긴 남자 만났다가 우여곡절이 참 많았거든. 그때 아빠가 얼마나 인기가 많았던지······."
"아빠, 내가 아빠 진짜 사랑하는데 잘생겼었다는 건 못 믿겠어."
나는 웃음을 참으며 말했다. 아빠는 증거를 보여 주겠다며 이십 년도 넘은 옛날 앨범을 가지고 왔다. 먼지를 털어 내고 본 아빠의 젊은 시절은 은휘성만큼은 아니어도 꽤나 멋있었다.
"우리 딸들 얼굴이 다 어디서 왔겠어."
아빠가 으스대며 말하다가 엄마를 보고는 얼른 말을 바꿨다.
"다 당신한테서 온 거지. 난 참 결혼을 잘했다니까."
나는 아빠를 바라보았다. 방금 '우리 딸들'이라고 했나? 그렇다는 건 꿈속에도 언니가 있다는 말이다. 나는 머릿속이 정리되지 않은 상태로 뭐라도 물으려고 했지만 엄마가 벌떡 일어났다.

"내일 출근하고 등교하는 사람들, 시간이 늦었으니 어서 정리하고 잡시다."

아빠와 앨범을 정리하고 침대에 누운 후에도 쉽사리 잠이 오지 않았다. 시계를 보니 자정이 넘어 있었다. 눈을 감으면 다시 혼자인 세계로 건너가겠지……. 서시 같은 인생으로. 울고 싶었지만 이곳에선 눈물이 잘 나지 않았다. 눈이 천천히 감겼다. 몇 분 지나지 않아 눈앞이 어둠에 휩싸였다.

"유주야, 일어나!"

나는 반사적으로 몸을 일으켰다. 엄마의 목소리였다. 뭔가 이상했다. 한달음에 화장실로 달려가자 거울에 예쁜 여자아이가 비쳤다. 머리칼이 좀 부스스하지만 틀림없는 꿈속의 나였다. 나는 비틀거리며 핸드폰으로 날짜를 확인했다.

'8월 13일.'

말도 안 돼. 잠을 잤는데도 다음 날을 맞이했다. 심장이 미친 듯이 뛰었다. 약을 먹지 않고도 이 삶을 지속할 수 있다. 나는 날아갈 듯이 거실로 달려가 유부초밥을 먹고 어제 준비해 둔 교복을 입었다. 학교에 가면 은휘성을 볼 수 있다. 별이도, 라희도 내게 웃어 줄 것이다. 나는 규리 같은 애한테도 스스럼없이 말을 거는 인기 많은 반장이었고, 시험만 쳤다 하면 백 점에 학원에서는 온갖 칭찬을 독차지하는 재능 있는 아이였다. 그런 양유주로, 나는 이곳에서 살아갈 수 있다.

"학교 다녀오겠습니다."

내가 듣기에도 들뜬 목소리였다.

18

 그날이 지나고 그다음 날이 지나서야 나는 눈을 떴다. 온통 하얀 벽면에 하얀 전등 불빛이 쏟아져 눈이 아팠다.
 "양유주 학생, 정신이 들어요?"
 소독약 냄새를 풍기는 누군가가 내 눈을 펜 라이트로 비췄다. 나는 몸서리를 치며 주변을 둘러보았다. 병원 같았지만 확실하지는 않았다. 나는 손목에 바늘이 연결된 걸 깨닫고는 다른 쪽 손으로 바늘을 빼려고 했다. 간호사가 나를 제지하며 말했다.
 "빼면 안 돼요. 탈수 증세가 있어서 수액을 맞고 있어요."
 "여기가 어디예요?"
 "병원이에요. 유주 학생이 잠에서 깨지 못해서 부모님이 데리고 오셨어요."
 간호사의 또렷한 목소리 때문인지 정신이 조금 들었다. 나는 침대에 기대 잠깐 심호흡을 했다.

"엄마는요?"

"잠깐 나가셨어요. 의사 선생님 불러올 테니까 여기 있어요."

간호사가 병실 밖으로 나갔다. 나는 침대 옆에 핸드폰이 있는 걸 발견하고는 날짜를 확인하기 위해 손을 뻗었다. 마지막으로 잠든 날에서 사흘이 지나 있었다. 꿈속에서 시간이 지나는 동안 이곳에서는 잠들어 있었던 것 같았다. 엄마에게 전화를 할까 했지만 그보다는 다시 약을 먹고 싶었다.

나는 침대에서 일어나 복도로 나갔다. 집에 가서 약을 가져와야 했다. 걸을 때마다 수액이 달린 거치대가 거치적거렸다. 로비로 나가자 환자복을 입은 사람들이 드문드문 앉아 티브이를 보고 있는 모습이 눈에 들어왔다. 나는 그대로 문밖으로 나서려고 했지만 아나운서의 목소리가 발목을 잡았다.

"최근 들어 십 대 청소년들 사이에서 며칠씩 잠에서 깨지 못하는 현상이 발견되고 있습니다. 이 현상은 전국 각지에서 보고되고 있으며, 십 대뿐만 아니라 이십 대 사이에서도 발생하고 있습니다. 보건 당국은 현재 원인을 파악하기 위해 다양한 검사를 진행 중이며 경찰 당국은……."

"유주 학생!"

누군가 내 어깨를 잡았다. 아까 그 간호사였다.

"말도 없이 혼자 나가면 안 돼요. 어머니도 오셨으니까 같이 올라가요."

나는 간호사에게 이끌려 병실로 갔다. 다크서클이 몇 배는 늘어난 엄마가 나를 보고 말로 형용할 수 없는 복잡한 표정을 지었다.

"엄마, 나 집에 갈래."

엄마가 대답하기도 전에 옆에 있던 의사가 말했다.

"몇 가지 검사를 진행해야 합니다. 사흘 동안이나 잠에서 못 깨어났다는 건 단순한 피로나 수면 부족으로는 설명되지 않아요. 생각보다 위험한 상태일 수 있습니다."

"원인이 뭘까요? 뉴스 보니까 이런 경우가 많다던데……"

엄마가 지친 목소리로 말했다. 그 목소리를 들으니까 생각이 났다. 엄마는 늘 지쳐 있었다. 언니 때문에.

"뭐든 조치를 취해 주시면 좋겠어요. 집에도 애가 있어서."

엄마의 말에 의사가 난감한 표정을 지었다.

"검사 결과에 따라 다르겠지만 앞으로 며칠은 더 입원해야 합니다."

머리가 아팠다. 난 약이 필요했다. 그렇다고 엄마에게 약을 가져다 달라고 할 수도 없었다. 나는 여러 가지 검사를 하고 다시 병실로 돌아왔다. 핸드폰으로 암거래 사이트에 들어가자 새로운 글들이 보였다.

다들 뉴스 보셨어요? (4)

[경기 남부 터미널] 한 달 치 판매합니다. (1)

[운성대병원] 일주일 치 직거래 (0)

병원에서 직거래하는 것도 괜찮은 거 같아요. (10)

> [부산향병원] 이 주일 치 세트 두 개 판매 (2)
>
> 저 약 다 뺏겼어요……. (7)

직거래 장소가 지하철역이나 사거리에서 대부분 병원으로 바뀌어 있었다. 나는 스크롤을 내리다가 글 하나를 클릭했다. 내가 입원한 병원에서 직거래한다는 글이었다. 나는 판매자에게 메시지를 보냈다.

> 저 구매하고 싶은데요. 병실이 몇 호인가요?

19

"음······. 그래서 반장인 네가 병문안을 좀 갔으면 하는데."
장주혁 선생님이 말했다. 나는 선생님을 빤히 쳐다보았다.
"병문안이요?"
"그래. 이다정, 홍유진······. 그리고 누구였지?"
장주혁 선생님은 내 눈치를 보더니 출석부를 뒤적였다.
"······황규리. 이렇게 세 명이 한꺼번에 입원했어."
"그렇지만······."
"학교 차원이다 생각하고."
선생님은 병원 위치를 일러 주고 학교에서 준비했다는 쿠키 꾸러미 세 개를 건넨 후 빠르게 사라졌다. 나는 병원에 가고 싶지 않았다. 꿈속은 현실과 거울같이 닮았다. 십 대가 며칠씩 잠에서 깨어나지 못한다는 뉴스도 계속해서 보도되었다. 그걸 보면 병원 침대에 누워 있을 현실의 내가 생각났다.

"선생님이 뭐라셨어?"

계단을 내려가자 날 기다리던 별이가 물었다. 나는 신경질적으로 대답했다.

"우리 반에 입원한 애들 병문안 갔다 오래."

"같이 갈까? 나 오늘은 학원 안 가."

"나도 갈래."

별이에 이어 라희가 덧붙였다. 친구들 덕분에 기분이 풀린 나는 계단을 내려가면서 외쳤다.

"그럼 가는 길에 내가 스무디 살게."

병원까지 가는 길은 생각보다 멀었지만 스무디를 먹으며 깔깔거리다 보니 금방 도착했다. 로비에 가서 아이들의 이름을 말했다. 규리를 제일 마지막에 만나고 싶었다. 막상 병실에 가자 이다정과 홍유진은 잠들어 있어서 이야기를 나눌 수 없었다. 그 애들 부모님만 괴로운 얼굴로 와 줘서 고맙다고 했다. 우리는 쿠키 꾸러미를 하나씩 두고 나왔다.

규리는 311호로, 현실의 내 병실과 똑같은 호수였다. 규리 방에는 보호자가 없었다. 침대 한가운데 미동 없이 누워 있는 규리뿐이었다.

"왠지 무섭다. 이거 뭐 바이러스 같은 건가?"

라희가 으스스 소름이 돋은 팔을 문지르며 말했다. 나는 규리에게 한 걸음 다가갔다. 눈을 뜨고 있을 때와는 다르게 편안해 보였다. 의식하지 못하는 사이 말이 흘러나왔다.

"황규리."

그 순간 규리가 눈을 떴다. 규리는 자신을 들여다보는 나를 보고 흠칫 놀랐지만 별말을 하지 않았다. 대신 침대에서 내려와 한편에 놓인 가방을 뒤졌다. 그러더니 초록색 알약이 가득 든 약병을 꺼냈다. 규리는 익숙하게 약을 손바닥에 흘려놓고 입으로 가져갔다. 우리는 상관없다는 태도였다. 나는 규리 팔을 잡아챘다. 알약이 바닥에 떨어져 탁 소리를 내고는 굴러갔다.

"먼저 가."

내 말에 뒤에서 별이와 라희가 난처해하는 것이 느껴졌다. 난 고개를 돌려 다시 말했다.

"먼저 가, 얘들아."

별이와 라희는 병실 문을 닫고 나갔다. 나는 시선을 규리에게 고정한 채 뒤로 한 걸음 물러섰다.

"너 그 약을 어떻게 알아?"

규리는 아무 말도 하지 않았다. 떨리는 손으로 다시 알약을 꺼내려 했다. 난 소리쳤다.

"어떻게 아냐고!"

규리는 대답을 거부했다. 내가 정말 궁금한 건 따로 있었다. 왜 이 약을 먹는지 궁금했다. 현실에서 모든 걸 가졌으면서 대체 왜…….

아무리 추궁해 봤자 규리는 입을 열 것 같지 않았다. 나는 약을 삼키는 규리를 뒤로하고 병실을 나왔다. 정처 없이 걷다 보니 어느새 복도 끝이었다. 그곳에 창밖을 바라보고 선 한 남자아이가 보였다.
'은휘성?'
은휘성 얼굴에는 조금의 웃음기도 없었다. 나는 다가가지도 뒤돌지도 못하고 그 자리에 붙박인 듯 서 있었다. 은휘성은 지금껏 한 번도 보지 못했던 차가운 표정으로 돌아섰다. 그리고 나와 눈이 마주쳤다.
"유주야."
은휘성은 잠깐 굳었다가 내 쪽을 향해 성큼성큼 다가왔다.
"무슨 일이야?"
"병문안 왔어. 우리 반 애들."
내 말에 은휘성은 아, 하는 소리를 내며 멈췄다. 갈등하는 듯했다. 나는 은휘성 뺨에 눈물 자국을 알아차렸다. 은휘성은 그런 나를 의식했는지 얼굴을 돌리고는 바로 앞 병실 문을 열어젖혔다.
"들어와."
병실에는 고등학생 정도 되어 보이는 남자가 온갖 기구를 매단 채 누워 있었다. 인공호흡기 때문에 얼굴이 반쯤 가려졌는데도 은휘성과 아주 닮은 얼굴이었다. 그 섬뜩한 그림을 그린 사람이 자신의 형이라는 은휘성 말이 생각났다. 침대에 걸려 있는 이름표가 눈에 들어왔다. 은휘태.
은휘성이 말했다.
"형은 식물인간 상태야. 오늘이 볼 수 있는 마지막 날이고."

나는 아무 말도 할 수 없었다. 무슨 말을 해야 할지 몰랐기 때문이다. 아픈 형제가 있을 때 어떤 삶을 사는지는 언니 때문에 잘 알지만 파리한 얼굴로 누워 있는 은휘성 형을 보니 아무 말도 나오지 않았다.

침묵이 이어졌다. 은휘성은 내가 믿을 수 있는 사람이라고 생각해서 비밀을 털어놓은 걸까? 고개를 들어 그 애 얼굴을 본 순간 나는 깨달았다. 은휘성은 절벽 끝에 서 있다는 것을. 누군가에게 말하지 않으면 끝이 보이지 않는 아래로 떨어지고 말 것을.

나는 결연한 얼굴로 은휘성을 바라보았다. 무엇을 해야 할지 알 수 있었다. 말하는 게 아니라 들어 줘야 했다. 나에게 가장 필요한 것이고, 은휘성에게도 마찬가지였다.

"3월에 전학 온 것도…… 그래서였어?"

"응. 형이 이렇게 된 후에는 아빠 직장 근처로 이사 와야 했어. 엄마 혼자 형을 돌볼 수는 없으니까."

은휘성은 말을 이었다.

"부모님이 무기력하고 내가 언제나 후순위가 되는 건 아무렇지도 않아. 난 분명히 봤어. 형을 이렇게 만든 연구원들이 이제는 형을 데려가려고 해."

"그게 무슨 말이야?"

"형은 늘 진로 문제로 힘들어했어. 부모님은 형이 그림 그리는 걸 좋아하지 않았거든. 형은 부모님을 실망시키지 않는 길과 자신의 꿈을 좇는 길은 서로 반대 방향이라고 말하곤 했어. 그러면서

주기적으로 접촉하던 여자가 있었는데……. 그 여자가 핵심 연구원이야. 얼굴을 봐서 알아. 그렇지만 부모님은 내 말을 믿지 않아. 형이 깨어날 수도 있다는 헛된 희망에 매달려 모든 동의서에 서명을 했어."

그렇게 말하는 은휘성의 얼굴이 고통스러워 보여서 마음이 아팠다.

"은휘성."

나는 나지막하게 그 애 이름을 불렀다.

"이상하다고 생각했어. 네 웃음은 언제나 너무 완벽해서."

그 말을 들은 은휘성이 눈꼬리에 반짝이는 눈물을 매달고 다시 웃으려고 했다. 나는 빠르게 말했다.

"웃지 마. 웃고 싶어서 웃는 거 아니잖아."

괜찮아 보이려고. 아무 일도 없는 것처럼 보이려고. 그걸 누구보다 잘 아는 사람은 나였다. 다른 점이 있다면 난 실패했고 은휘성은 성공했다는 것 정도였다.

20

꿈속에서 깨지 않고 보내는 시간은 점점 더 길어졌다. 처음에는 사흘이었지만 일주일이 넘게 깨지 않은 적도 많았다.

"양유주 학생?"

이제는 익숙해진 간호사 목소리가 들렸다. 그들은 내가 며칠씩 잠드는 원인을 밝혀내지 못했다. 입원은 길어져 장기 결석으로 이어졌다. 나는 깨어나면 으레 하는 검사를 거쳤다. 눈을 떴을 때 아무도 없으면 바로 약을 먹을 수 있는데 이렇게 간호사에게 들키면 골치가 아파졌다.

검사가 길어진다 싶었는데 병실로 돌아오니 엄마와 아빠가 둘 다 있었다. "언니는?"이라는 물음이 목 끝까지 차올랐지만 아무 말도 하지 않았다. 내가 비틀거리며 침대에 걸터앉자 엄마가 그 앞에 무릎을 꿇고 앉아 내 손을 감싸 쥐었다.

"유주야……. 도대체 왜 그래? 무슨 일 있어?"

나는 엄마 눈을 마주 보았다. 그러나 금방 눈길을 돌려 버렸다. 엄마 눈을 보는 게 어색했다. 한때 그렇게 듣고 싶었던 질문도 귀찮기만 했다. 저 뒤로 퇴근하고 온 아빠가 보였다. 아빠의 거뭇거뭇한 얼굴은 너무나도 지쳐 있었다. 방관만이 살길이란 듯이. 엄마 눈에서 눈물이 떨어져 내렸다.

"물 좀 마실래? 물어봤는데 물이나 죽 같은 건 먹어도 된다더라."

"그래, 아빠가 오면서 죽 사 왔어."

아빠가 다 떨어진 가방에서 보온통을 꺼냈다. 난 고개를 저었다. 나는 엄마 아빠가 빨리 병실에서 나가기만 바랐다. 그래야 침대 아래에 테이프로 고정해 숨긴 약을 먹을 수 있을 테니까. 그러나 엄마는 나가지 않았다. 간병인 침대를 펼친 걸로 봐서 잠까지 잘 생각인 듯했다. 아빠에게 언니 밥을 챙겨 주라는 말을 할 때 잠깐이라도 밖에 나가지 않을까 기대했지만 그런 일은 없었다. 나는 할 수 없이 침대에 누워서 엄마가 자리를 비우기를 기다렸다.

핸드폰 화면이 밝아졌다. 난 핸드폰을 들어올렸다. 그럼 그렇지, 쓸데없는 광고 메시지였다. 대신 오늘 날짜가 눈에 들어왔다.

'10월 14일.'

비몽사몽해서 기억이 희미했지만 지난번에 눈떴을 때는 10월 11일이었다.

'꿈속에선 일주일이 넘게 지났는데 현실에선 사흘밖에 안 지났다고?'

시간 개념이 완전히 똑같지는 않은 모양이었다. 약을 먹지 않을 때 꿈속의 시간이 흐르지 않은 걸 감안하면 이상할 것도 없다. 그러나 전과는 좀 다르다. 이러다간 꿈속의 시간이 현실의 시간을 앞지를 수도 있겠는걸. 어차피 나에게는 상관없는 일이지만.

나는 엄마가 누운 쪽을 한번 쳐다보고 숨소리를 고르게 내며 자는 척했다. 엄마가 잠들면 약을 먹을 생각이었다. 잠을 며칠이나 잤는데도 자면 잘수록 졸렸다. 눈이 감겼다.

나는 눈을 떴다. 뜨거운 햇볕이 병실 전체를 달구었다. 머리가 아팠다.

"엄마……."

엄마는 어디에도 없었다. 기회였다. 나는 약을 꺼내기 위해 침대에서 내려왔다. 그 순간 드르륵 소리와 함께 문이 열렸다. 가장 두려운 얼굴이 드러났다. 나를 꿰뚫어 보는 듯한 눈동자.

"고유한."

나는 악마라도 본 것처럼 한 마디를 내뱉었다. 고유한이 내 병실을 어떻게 알았는지, 어떤 생각으로 날 바라보는지는 중요하지 않았다. 나는 약을 먹어야 했다. 고유한은 침대 밑에 내 약이 있다는 사실을 알까?

"알아."

고유한이 말했다. 마치 내 생각을 읽은 것처럼.

"그만하라고 안 할게."

"뭐?"

"가도 된다고. 그 세계로."

고유한은 나지막이 말했다. 나는 적의에 가득 차 그 애를 노려보았다. 나는 내 삶을 지켜야 했다. 고유한은 나에게로 천천히 걸어왔다. 검은색이던 눈동자가 햇빛에 희석되어 갈색으로 변하자 조금은 다정하게 보였다. 고유한이 말했다.

"그렇지만 네가 알아야 하는 사실이 있어. 그걸 모르고는 그 세계에서 살아갈 수 없을 거야."

"뭔데?"

나는 침대에 몸을 가까이 붙인 채 물었다. 고유한이 갑자기 약을 뺏을지도 모른다는 생각에 경계를 늦출 수 없었다. 고유한이 대답했다.

"꿈속에선 네 언니를 한 번도 못 봤지? 양유영. 이번 추석에 집에 갈 거야. 외출할 때가 있을 텐데 그때 반드시 따라가도록 해."

"시, 싫어, 내가 왜…….."

"들키지 말고."

고유한은 눈을 빛내며 말하고는 몸을 돌려 병실 밖으로 나갔다. 나는 그 강렬한 눈빛에 충격을 받아 그 자리에 서 있었다. 잠시 후 정신을 차리고 나가 보니 고유한은 사라지고 없었다. 나는 병실로 돌아와 침대 아래에서 약을 꺼냈다. 약은 아직 많이 남았다. 알약 한 알로 며칠씩 꿈속에서 지내니 그런가 싶기도 했다. 나는 눈을 감고 약을 삼켰다.

21

나는 눈을 떴다. 방 안은 밝았지만 적막이 흘렀다. 고유한의 이상한 말은 그 후로 뇌리에 박혀 언제나 머릿속을 맴돌았다. 나는 손으로 내 몸을 더듬었다.

'여긴 꿈이야. 엄마는 날 왜 안 깨웠지?'

거실로 나가자 엄마가 커피를 마시며 책을 읽고 있었다.

"엄마."

"일어났어?"

"왜…… 안 깨웠어?"

"푹 자라고 안 깨웠지."

엄마가 뭘 그런 걸 묻느냐는 듯한 태도로 말했다. 나는 불현듯 벽면에 걸린 달력을 보았다. 오늘은 추석 연휴 첫날이었다. 현실과 꿈속 시간차가 점점 줄어들고 있었다.

"아빠는?"

"역에 언니 데리러 갔어. 이제 올 때 됐는데……."

거짓말처럼 띠리릭, 문 열리는 소리가 났다.

"엄마!"

키가 크고 날씬한 여자가 하나로 묶은 머리카락을 나풀거리며 엄마에게 안겼다. 여자는 반짝이는 눈으로 나를 쳐다보며 외쳤다.

"유주야, 보고 싶었어."

"언……니?"

내 앞에 선 이십 대 초중반 여자는 내가 아는 언니와 완전히 달랐다. 두 눈에는 총기가 흘렀고 세련된 옷을 걸쳤다. 무엇보다 언니는 웃고 있었다.

'언니가…… 방에 고립되기 전에는 저랬었나?'

그때 언니는 고등학생이었다. 입시에 지쳤던 것 같은데 기억이 잘 나지 않았다. 엄마가 말했다.

"유영아, 밥 먹었어? 안 먹었지? 유주도 지금 일어났으니까 같이 먹으면 되겠다."

나는 눈치를 보며 식탁에 가 앉았다. 갈비찜을 비롯한 진수성찬이 차려져 있었다. 옆자리에 앉은 언니가 내 볼을 잡고 흔들었다.

"유주야, 어떻게 지냈어?"

나는 멍하니 언니를 쳐다보았다. 하나는 기억이 났다. 현실의 언니도 고립되기 전에는 이렇게 나를 귀여워했다는 것. 아홉 살 차이가 나는 우리는 누구나 부러워할 만큼 사이가 좋았다. 나는 꿈속 언니에 대해 아무것도 몰랐다. 정보를 얻어야 했다.

"잘 지냈어. 언니는?"

"나는 뭐 실습도 나가고 바쁘게 지냈지. 참, 너 시험 잘 봤다며?"

"응? 으응."

나는 말꼬리를 흐렸다. 2학기 들어서는 답안지를 못 외워서 올백까진 아니었지만, 학원과 독서실에서 공부해서 그런지 평균 구십 점대는 꾸준히 나왔다.

남은 반찬을 가져다주던 엄마가 말했다.

"언니가 의대생 아니랄까 봐, 유주도 똑소리 나더라고."

의대생? 심장이 쿵쿵 뛰었다. 언니는 오직 의대만을 보며 사 수를 했다. 세 번째 수능을 친 후 집에서 공부하겠다던 언니는 어느 순간부터 방 밖으로 나오지 않았다. 꿈속에선 언니가 그토록 바라던 의대에 간 모양이었다. 나는 밥을 먹으며 생각했다. 언니는 어디까지 알고 있을까. 약에 대해 알았던 걸 보면 나보다 먼저 그 사이트에 가입한 듯하다. 지금 내 눈앞에 언니는 '진짜' 언니일까? 언니는 내가 나인 걸 알고 있을까? 아니면 이 모든 게 나의 착각이고 그냥…….

"내일 큰집 가는 거 알지?"

엄마 말에 언니가 갈비찜을 먹다 말고 눈을 동그랗게 떴다.

"내일? 모레 아니었어?"

"내일인데. 뭐 바쁜 일 있어?"

"아, 약속 있는데……. 아니다. 오늘 나가면 돼."

언니가 별일 아니라는 듯이 말했다. 이게 고유한이 말한 외출일까? 식사를 마친 언니는 누군가와 전화를 하는 듯싶더니 현관문을 나섰다. 나는 이러지도 저러지도 못 하고 신발장 앞에 서 있었다. 따라가야 할까? 따라가지 말아야 할까? 불안감이 들었다. 나는 신발을 신고 현관문을 열어젖혔다. 엘리베이터가 내려가고 있었다. 계단으로 1층까지 뛰어 내려가자 공동 현관을 지나 걸어가는 언니가 보였다. 나는 들키지 않게 언니를 따라갔다. 언니는 버스 정류장에 멈췄다. 같은 버스를 타면 들킬 가능성이 높지만 그렇다고 다른 버스를 타면 언니가 언제 내리는지 알 수 없을 터였다. 언니를 지나칠 때 심장이 두근거렸지만 언니는 날 못 본 듯했다. 나는 후드를 눌러쓰고 맨 뒷자리에 앉았다.

언니는 도심지에서 내렸다. 은휘성과 전시회에 갔던 바로 그곳이었다. 표정 없는 사람들이 날 방해하려는 것처럼 어깨로 치며 지나갔다. 나는 그들 사이를 헤치며 언니를 놓치지 않으려고 애썼다. 언니는 건물들 사이에서 가장 높은 빌딩으로 들어갔다.

㈜퓨처바이오.

그 로고를 읽자마자 심장이 거세게 뛰었다. 뭔가 단단히 잘못되었다. 나는 유리 회전문을 밀고 빌딩 안으로 들어갔다. 언니는 로비를 지나쳐 투명한 관처럼 생긴 엘리베이터를 타고 내려갔다. 언니를 따라가야 한다는 확신이 들었다. 나는 엘리베이터를 향해 뛰었다.

"저기, 학생!"

보안 요원이 나를 막았다.

"여기 들어오면 안 됩니다."

"그렇지만……."

나는 항의하려 했지만 보안 요원의 험악한 얼굴을 보고 한 걸음 물러섰다. 보안 요원은 나를 의심 가득한 눈초리로 쳐다보았다. 내가 천천히 몸을 돌리자 보안 요원은 시선을 거두었다.

그때 청소부 한 명이 청소 도구가 담긴 커다란 카트를 세워 두고 화장실로 가는 것이 보였다. 나는 조심조심 카트로 다가갔다. 카트 아래에 서랍같이 생긴 문이 보였다. 나는 문을 열고 안에 든 쓰레기통을 꺼내 옆쪽 창고에 두었다. 그리고 카트 안으로 들어가 웅크리고 앉았다. 다행히 아무도 날 못 본 듯했다. 그렇지만 카트 바닥이 뚫려 있어서 당장이라도 떨어질 것처럼 위태위태했다. 몇 분이 지나 덜커덕하는 소리와 함께 카트가 움직였다. 심장이 쿵쿵 뛰었다. 다행히 보안 요원은 제지하지 않았다. 엘리베이터에 타고 이동하는 것 같았지만 시야가 막혀 있어 정확한 상황은 알 수 없었다.

카트가 멈췄다. 사방이 고요했다. 나는 카트 문을 천천히 밀었다. 내가 탔던 카트와 똑같은 카트 여러 개가 나란히 보관된 창고였다. 나는 천천히 창고 문을 열고 나왔다. 병원을 연상시키는 하얀 복도가 끝없이 이어졌다. 나는 기나긴 복도를 내달리며 끝이 나오기를 바랐다. 마침내 엘리베이터가 보였다. 지하 1층에 멈춰 있었다.

나는 반사적으로 엘리베이터 옆에 달린 안내판을 보았다. 대부분 영어로 쓰였지만 한 단어는 읽을 수 있었다. Lab, 연구소라는 뜻. 언니가 저곳에 있을까? 그건 알 수 없었다. 버튼을 누르자 엘리베이터가 쏜살같이 내려왔다. 나는 지하 1층 버튼을 눌렀다. 얼마 지나지 않아 목적지에 도착한 엘리베이터는 날 그곳에 두고 떠나 버렸다. 사방은 여전히 고요했다. 물 냄새가 났다. 심하지는 않지만 비릿한 냄새가 거슬렸다. 그때 누군가의 목소리가 들렸다.

"여전히 반응이 없나요?"

나는 숨을 곳을 찾았다. 뒤쪽에 다른 복도로 접어드는 모퉁이가 있었다. 사람들이 어디로 올지 확신할 수 없지만 여기 계속 서 있으면 들키는 건 시간문제였다. 모퉁이로 뛰어 들어가 벽에 몸을 붙이자 그 말을 한 사람이 누구인지 보였다. 언니였다.

"이젠 거의 결정이 났다고 봐야지."

언니 옆으로 정장을 입은 남자가 함께 걸었다. 사십 대 중반 정도로 보이는 남자에게서 범접할 수 없는 카리스마가 느껴졌다. 그러면서도 어디선가 본 사람처럼 익숙했다. 언니가 말했다.

"먼저 가세요, 회장님. 전 표본 확인하고 갈게요."

"그래."

회장은 엘리베이터를 타고 올라갔다. 언니는 다시 걸었다. 나는 소리 없이 그 뒤를 따라붙었다. 회장? 표본? 이게 다 무슨 말일까? 언니가 멈췄다. 그러고는 벽처럼 보이는 곳에 출입 카드를 가져다 댔다. 지이잉 소리가 나며 거대한 문이 양쪽으로 열렸다. 나는 순간 이곳에 몰래 들어왔다는 것을 자각하지 못한 채 따라 들어가려고 했다. 하지만 그럴 수가 없었다.

아주 넓은 공간이었다. 밖에서 봐도 그랬다. 인공적인 파란색 물이 가득 담긴 통 수백 개가 보였다. 모든 통 안에 사람이 있었다. 수백 명의 사람들이. 그리고 맨 앞의 통에는 한 남자가 나체로 들어가 있었다. 코와 입에 호흡기를 썼지만 살아 있는 것 같지는 않았다. 통 아래쪽에 붙은 이름표가 보였다.

은휘태.

은휘성의 형이었다. 나는 뒷걸음질했다. 너무 충격적인 광경이라 제대로 사고할 수 없었다. 흐릿해진 시야 너머로 언니가 보였다. 언니는 내 쪽을 쳐다보았다. 날 봤을까? 알 수 없었다. 난 도망쳤다. 되도록 아주 멀리, 그래서 이 모든 것에서 벗어날 수 있도록.

22

뚜— 뚜— 연결음이 몇 번 울렸다. 나는 초조하게 핸드폰을 귀에 댔다. 언니가 나를 못 봤다는 건 거의 확실하다. 그날 이후 어떤 추궁도 받지 않았으니까. 언니는 아무렇지도 않아 보였다. 그러나 나는 아무것도 할 수가 없었다. 정신을 차리고 나선 은휘성과 어떻게든 이야기해야 한다는 생각이 들었다.

"여보세요?"

"은휘성."

"응, 유주야."

은휘성 목소리를 듣자 눈물이 날 것만 같았다.

"네 형······."

나는 말을 잇지 못했다. 은휘태와 접촉했다던 여자 얼굴을 기억하는지 물어보려고 했지만 그 여자가 정말로 언니라면 뒷일을 감당할 수 없을지도 모른다. 그 여자가 어떤 일을 했는지부터 알아야 한다.

"네 형이 그렇게 되기 전에 어떤 연구원과 접촉했다고 했잖아. 접촉했다는 게 정확히 무슨 말이야?"

"약을 줬어."

"어?"

"언뜻 보기엔 진통제 같은 초록색 알약이었어."

온몸에서 피가 빠져나가는 것 같았다. 더 듣고 싶지 않았지만 은휘성은 말을 이었다.

"형은 약을 먹을수록 잠자는 시간이 점점 길어졌어. 이틀씩, 사흘씩 잠을 잤지. 그러다가 어느 순간 혼수상태에 빠졌어. 그 이후로 다시는 깨어나지 않았……."

"미안한데, 나 가 봐야 할 것 같아."

난 은휘성이 말을 끝내기 전에 전화를 끊었다. 내가 왜 이걸 놓쳤을까. 이 모든 일 한가운데에는 그 약이 있다. 아니, 어쩌면 알고 있었는지도 모른다. 물이 담긴 통 안에 정어리처럼 보관된 사람들을 보자 떠오른 건 현실의 나였다. 고유한이 내게 언니를 따라가라고 말한 그날 이후 한 번도 현실에서 깨어나지 않았으니 꿈속 나날은 열흘 넘게 이어진 셈이다.

'깨어나야 해.'

나는 시계를 보았다. 밤 12시 17분. 지금 눈을 감으면 내일은 어디에서 눈을 뜨게 될까. 두려웠다. 나는 침대에 누워 잠을 자려고 애썼다. 눈을 감았지만 여러 사람의 환영이 어지럽게 스쳐 지나갔다. 고유한, 엄마, 아빠, 별이, 라희, 은휘성, 은휘성의 형, 장주혁 선생님, 언니, 회장이라고 불렸던 남자 그리고······.

"허억."

나는 숨을 들이키며 깼다. 소독약 냄새는 나지 않았다. 휴일 특유의 따스한 분위기가 코끝을 맴돌 뿐이었다. 이곳은 꿈속이다. 침대를 박차고 일어나자 잘 꾸며진 방이 보였다. 누군가 인위적으로 제작한 세트장 같았다. 나는 책상으로 다가가 그 위를 팔로 힘껏 쓸었다. 와장창 소리가 나며 필기구와 책, 화장품이 바닥으로 떨어졌다.

"으아아아아!"

소리를 내질렀지만 공허하기만 했다. 이렇게 큰 소리를 냈는데 아무도 내 방으로 달려오지 않았다. 엄마도, 아빠도 실존하는 사람이 아니라서 사라진 걸까? 나는 문고리를 잡고 망설였다. 나가면 아무것도 없을 것 같은 기묘한 느낌이 들었다 완전한 무(無)의 세상이 펼쳐질 것 같은 느낌이······.

나는 벌컥 문을 열었다. 부엌에 가니 쪽지가 보였다. 엄마 아빠가 외출한다는 내용이었다. 식탁 위에는 밥이 차려져 있었지만 별로 먹고 싶지 않았다. 다시 잠을 잘까. 그러면 돌아갈 수 있을까.

나는 언니의 닫힌 방문을 바라보았다. 언니는 돌아가는 방법을 알고 있을지도 모른다. 그렇지만 물어보기 망설여졌다. 난 이제 언니가 어떤 사람인지 확신할 수 없었으니까. 언니 말고 약에 관해 아는 사람은 없을까?

순간 병문안을 갔던 나에게는 신경도 쓰지 않고 알약을 삼키려 한 규리가 떠올랐다.

'규리를 만나야 해.'

나는 버스를 타고 병원으로 갔다. 311호, 현실의 내 병실과 같은 병실을 찾았다. 문을 열자 허리 굽은 할머니가 깜짝 놀라 나를 쳐다보았다.

"누구……."

"저, 규리 친구인데요. 병문안 왔어요."

"아……."

할머니는 옆으로 비켜서 내가 규리를 볼 수 있게 해 주었다. 규리는 죽은 듯이 잠들어 있었다. 아마 현실에서는 즐거운 나날을 보내고 있겠지. 옆에서 할머니 목소리가 들렸다.

"친구가 있었구나……. 학교는 어떠냐고 물어봐도 늘 아무 말도 안 해서 걱정했는데."

"잠든 지는 오래됐어요?"

나는 초조하게 물었다. 규리가 깨어나야 뭐라도 물어볼 수 있을 터였다. 할머니가 고개를 끄덕였다.

"의사는 사흘마다 깰 거라는데 일주일이 넘었어. 일 때문에 내내 병원에 있을 수도 없고, 병원비는 계속 들고……. 큰일이야."

"할머니, 제가 있을게요. 저, 시간 많아요. 규리가 깨어나면 연락드릴게요."

"괜찮겠니?"

할머니가 주저하며 물었다. 규리 할머니는 내 제안을 거절할 수 없었다. 난 그 사실을 잘 알고 있었다. 규리가 아무 말도 안 해서 걱정했다고? 규리가 아무 말도 안 하는 이유를 진정 몰랐단 말인가? 자기 손녀가 학교에서 어떻게 지내는지 관심은 있었을까?

"그럼요."

내 모든 생각은 이 한 마디에 섞여 들어갔다.

23

"으윽······."

규리가 신음했다. 벽에 기대 졸던 나는 벌떡 일어나 규리에게 다가갔다. 내 예상은 들어맞았다. 규리가 사흘 간격으로 깰 때마다 약을 먹고 다시 잠든다는 예상. 할머니는 몰랐을 것이다. 그러니까 잠든 지 일주일이 넘었다고 생각했겠지. 규리는 어둠 속에서 나를 인지하지 못하고 약병을 찾으려 침대를 더듬었다.

"황규리."

나는 입을 여는 동시에 손을 뻗어 불을 켰다. 내 발치에 약병이 떨어져 있었다. 나는 약병을 주워 들었다. 그리고 규리와 거리를 유지하며 입을 뗐다.

"내가 누군지 알아?"

"······줘."

"뭐?"

"그거 줘……."

규리는 약병을 바라보며 중얼거렸다. 티브이에서나 보던 마약 중독자 같아서 소름이 끼쳤다. 나는 애써 평정심을 유지하며 대꾸했다.

"먼저 내 질문에 답해. 그러면 줄 테니까. 너, 내가 누군지 알지?"

규리가 고개를 끄덕였다. 어떻게든 대답하고 약을 받으려는 것 같았다. 나는 재차 말했다.

"내가 누군데?"

"양……유주."

"잘 아네. 현실에서 내가 어떤 앤지 알지?"

규리는 이해를 못 한 것 같았다. 입을 멍청하게 벌리고 날 쳐다보기만 했다.

"알잖아. 난 너 같은 애야. 그러니까 지금의 너 같은."

"그게…… 무슨 말이야?"

규리가 조금 정신이 들었는지 되물었다. 나는 어깨를 으쓱했다.

"모르는 척할 거 없어. 사실이니까. 말도 제대로 못 하고, 얼굴도 별로고, 공부도 못하는 애."

규리는 말을 잃고 나를 바라보았다. 내가 조금 심했나? 무슨 상관이야. 어차피 현실에서 우리 둘은 정반대인걸.

"그건…… 꿈속의 너야."

한참 생각하던 규리가 말했다. 난 반문했다.

"꿈속의 나라고?"

"응. 꿈속의 너는…… 친구 하나 없는…… 외톨이야."

"그건 현실의 나야."

나는 울고 싶은 심정으로 말했다. 규리와 대화하면 대화할수록 미궁에 빠지는 것 같았다. 규리가 힘겹게 말했다.

"현실은…… 여기잖아."

"무슨 소리야? 여기는 꿈속……."

나는 말을 멈췄다. 이곳이 꿈속이라면 규리는 왜 약을 먹는 걸까? 현실에서 모든 걸 가졌으니 약을 먹을 필요가 없을 텐데. 천천히, 아주 천천히 머릿속에 어떤 생각이 떠올랐다.

"너한테는…… 여기가 현실이야?"

"당연하지."

규리가 말했다. 나는 그 자리에 서서 규리를 바라보았다.

'내가 알던 규리는 규리가 아니야.'

이제야 이해되었다. 규리는 현실에서 벗어나고 싶었던 것이다. 다른 세계에서 완벽한 사람으로 살고 싶었겠지. 그 마음은 누구보다도 내가 이해할 수 있었다. 이건 더 이상 나만의 일이 아니었다. 두 세계는 내가 이해할 수 없는 방식으로 연결되어 있었다. 현실에도 꿈속에도 나 같은 애들이 있다면 두 세계 중 어디가 현실이고 어디가 꿈인지는 확신할 수 없는 것 아닐까.

"이제 그거…… 줘."

규리가 손을 뻗으며 말했다. 나는 약병이 아직 내 손에 있다는 것을 깨달았다.

"넌 충격적이지도 않아? 너랑 나는 서로 다른 세계에 속해 있는데?"

"그게 무슨 상관이야."

규리가 말했다. 내 말을 이해하지도 못했고 이해할 생각도 없는 것 같았다. 나도 현실에서 깨어나면 저럴까? 약 외에는 다른 생각도 못 하게 될까? 나는 손을 휘저으며 말했다.

"됐고, 난 깨어나고 싶어. 깨어나는 방법을 알려 줘."

"나는 몰라."

규리가 말했다. 나는 지그시 입술을 깨물고 규리에게로 한 걸음 다가섰다.

"약을 계속 먹으면 위험해. 잠자는 시간이 점점 길어지고 결국에는 식물인간이 된다고."

"알아."

"안다고?"

난 말문이 막혀 규리를 바라보았다. 규리가 말했다.

"나도 사이트에 올라온 글을 봤어. 너야말로 왜 현실로 돌아가려 해? 그냥…… 여기서 살면 되잖아. 현실에서 식물인간이 되면 어때? 난 행복한데."

규리는 어느새 다가와 내 손에서 약병을 채 갔다. 약을 삼키기 전에 규리는 말했다.

"깨우지 마. 나는 완전히 그 세계로 갈 거니까."

24

 규리와 만난 이후 나는 암거래 사이트를 찾으려 애썼다. 하루 종일 인터넷 검색을 하며 시간을 보낸 결과 그 링크를 다시 발견했다. 그렇지만 이번에는 사이트에 들어가기 전부터 회원 가입을 하라고 떴는데, 정보를 기입하면 '이미 가입된 회원입니다'라는 문구가 나올 뿐 글은 볼 수 없었다.
 유의미한 단서는 하나뿐이었다. ㈜퓨처바이오를 검색하니 이번에는 다양한 기사가 떴다. 대표자 고독 회장의 얼굴도 볼 수 있었는데, 언니와 함께 있던 그 남자였다.
 "벌써 연휴 마지막이야. 내일이면 학교 가겠네."
 언니가 내 앞에 콤부차가 담긴 유리컵을 내려놓으며 말했다. 나는 탄산이 일어난 콤부차를 빤히 쳐다보았다. 엄마가 언니 방문 앞에 밥을 가져다 놓을 때마다 항상 챙기던 음료수였다.
 '언니. 언니가 실패하지 않았다면 우리의 현실은 이랬을까?'

당연히 아니었겠지. 언니와 별개로 나는 기피 대상이었다. 아무도 나와 가까워지려 하지 않았다.

나는 컵을 들어 콤부차를 한 모금 마셨다. 달면서도 씁쓸한 맛이 돌았다. 언니가 물었다.

"맛있어?"

"언니, 승리자밖에 없는 세상은 어떨 것 같아?"

규리의 말대로라면 두 세계 모두 승리자만 남을 터였다. 다른 사람들보다 우월한 사람들. 고통을 겪지 않는 사람들. 자신이 원하는 바로 그 사람으로 살아가는 사람들.

"이상적인 세상이겠지. 각자 원하는 삶을 살 테니까."

뜬금없는 질문이었는데도 언니는 아무렇지도 않게 말했다. 그 말을 들으니 언니가 그 연구원이라는 확신이 들었다. 동시에 그게 뭐 나쁜가, 하는 생각도. 언니는 모두가 승리자인 세상을 만들고 싶었을 뿐이다.

"그건 왜?"

언니가 물었다. 그리고 내가 대답하기도 전에 이어 말했다.

"네가 지금 그런 세상에 있다는 생각이 들어?"

나는 대답하려고 했지만 그럴 수 없었다. 눈앞이 흐려졌다. 팔을 뻗어 균형을 잡으려 했지만 그 대신 컵을 쳤고 콤부차가 쏟아졌다.

"언니……."

나는 식탁에 머리를 박고 쓰러졌다. 내가 지금 그런 세상에 있다니…… 그게 무슨 말일까? 언니는 왜 놀라지도 않고 나를 쳐다보는 거지? 눈앞에는 왜 아무것도 보이지 않는…….

툭. 입술에 물이 떨어졌다. 다시 한번 툭. 입안으로 물방울이 떨어져 내려왔다. 짠맛이 났다. 나는 전전히 눈꺼풀을 늘어 올렸다. 좁은 회색 방이었다. 겉보기에는 그랬다. 나는 비틀거리며 일어섰다. 물 냄새, 물 냄새가 났다. 맡아 본 적이 있는 냄새다. 고개를 들자 녹이 슨 천장이 보였다. 그곳에 난 틈새에서 물이 떨어졌다.

나는 굳게 닫힌 검은색 문을 발견하고는 그 앞으로 가 손으로 밀어 보았다. 그러나 문은 열리지 않았다.

"저기요!"

저기요 저기요 저기요 저기요……. 내 목소리가 웅웅 울렸다. 메아리를 들으니 덜컥 겁이 났다. 납치당한 걸까?

마지막으로 본 사람은 언니. 그리고 언니가 타 준 콤부차. 설마 언니가 나를 이곳에 데려온 걸까? 이 냄새를 어디서 맡았는지 생각났다. 퓨처바이오. 은휘태를 비롯한 수많은 사람이 통 안에 들어 있던 그곳. 지하 1층에 있던 그 통에서 떨어지는 물이라면, 여기는 지하 2층이 분명했다. 그제야 습기가 차 축축한 공기가 느껴졌다.

나는 벽 한쪽에 등을 기대고 앉았다. 몸에 힘이 하나도 없었다. 그때 언니가 날 본 걸까. 그 무섭게 생긴 회장한테 내가 실험체들을 봤다고 말한 걸까. 만약 내가 회장이라면 날 어떻게 할지 생각해 보았다. 곧 결론이 나왔다.

'나도 그 통에 넣으려는 거야.'

안 돼. 그럴 수는 없다. 이곳은 꿈속이다. 현실이라면 모를까 여기서 식물인간이 된다면 나의 삶은, 나라는 존재는 아예 사라질지도 모른다. 나는 온 힘을 다해 문을 두드렸다. 쾅쾅쾅 소리와 동시에 천장에 달린 형광등이 불안하게 깜빡거렸다. 나는 건물이 무너질지도 모른다는 불안감에 그만두었다. 물이 한 방울씩 떨어지는 걸 보면 아예 가능성 없는 일도 아닌 것 같았다.

나는 내게 핸드폰까지는 아니더라도 도움이 될 만한 소지품이 있는지 점검해 보았다. 그렇지만 내가 입고 있는 옷을 제외하면 아무것도 없었다.

'침착해야 해. 내가 없어진 걸 알면 엄마가 신고할……'

아니, 애초에 날 데려온 건 언니였다. 엄마는 언니의 정체에 대해 알고 있을까? 그러니까 이곳의 '엄마'는. 믿을 사람이 한 명도 없었다. 나를 아끼고 나에게 호의적인 사람이 그렇게나 많았는데 날 구해 줄 사람은 한 명도 없다는 것이 비현실적으로 느껴졌다.

머리가 아프고 눈물이 났다. 무서웠다. 한참 동안 울고 나자 기진맥진했다. 여전히 사방은 고요했다. 그렇게 몇 시간이나 지났을까. 탈진해 누워 있던 내 귀에 지이잉 하는 소리가 들려왔다. 언니가 출입 카드로 문을 열 때 났던 소리다. 반사적으로 몸을 일으키자 누군가 검은색 문을 열고 서 있는 것이 보였다.

고유한이었다.

안도감이 느껴졌다. 그전까지 고유한을 보며 느꼈던 적대감을 생각해 보면 이상한 일이었다. 고유한은 내가 완전히 일어나기까지 몇 초간 서서 기다렸다. 그 애는 언제나 같은 모습이었다. 또렷한 눈동자가 나에게 머물렀다.

"가자."

고유한이 말했다. 나는 고개를 끄덕였다. 아직 말이 제대로 나오지 않았다. 고유한은 미로 같은 통로를 익숙하게 빠져나가 엘리베이터를 탔다. 내가 전에 탔던 엘리베이터였다. 고유한은 최상층인 40을 눌렀다. 그제야 목소리가 나왔다.

"왜 40층을 눌러?"

"감시 카메라를 피하려고."

고유한은 나지막한 목소리로 말했다.

"그리고 너한테 보여 줄 것도 있고."

나한테 보여 줄 것? 물통에 잠긴 수많은 사람이 끝이 아니었나? 나는 잠시 숨을 가다듬었다. 물어봐야 했다.

"넌 우리 언니가 누군지 알지?"

"응."

"누군데?"

"트윈을 제조한 사람."

고유한이 말했다. 트윈이라면…… 그 약이다. 이 세계로 올 수 있는 유일한 매개체. 나는 말을 더듬었다.

"이해가 안 돼. 언니는…… 언니는 아무것도 못 하는 사람인데.

이런 약을 제조했을 리가 없어."

"착각이었을지도 모르지. 아무것도 못 하는 사람은 없으니까."

고유한이 대답했다. 그 순간 엘리베이터가 40층에 멈췄다. 넓은 홀이 나타났다. 왼쪽에 깔끔하지만 어딘가 위압적인 느낌을 주는 문이 보였다. 나는 검은색 문패에 '회장 고독'이라고 쓰인 것을 보았다. 설마 저 문으로 들어가려고? 카운터 앞에서 서류를 정리하던 비서가 우리를 보았다.

"유한아."

비서가 말했다. 고유한은 고개를 한 번 까딱이고는 반대편을 향해 걸었다. 비서는 다시 고개를 숙이고 서류 작업을 했다. 나는 고유한이 향하는 쪽을 바라보았다. 계단. 비상계단이 있었다. 40층과 1층을 잇는 구간이었다. 그러나 고유한은 1층으로 향하지 않았다. 41층을 향해 올라갔다. 나도 다른 선택지가 없었기에 따라갈 수밖에 없었다.

41층, 정확히는 건물 옥상에 도달하자 잠긴 문이 보였다. 고유한은 품속에서 출입 카드를 꺼내어 인식기에 가져다 댔다. 띠리릭 하는 소리와 함께 문이 열렸고, 그전까지와는 확연히 다른 많은 양의 빛이 쏟아졌다. 나는 눈을 찡그렸다. 거대한 유리 돔 형태 천장이 하늘을 향해 열려 있었다. 나는 고개를 천천히 아래로 내렸다. 그 거대한 공간 한가운데에 가로세로 일 미터 정도 되는 기계가 놓여 있었다. 캡슐처럼 생긴 기계였다. 낮게 깔려 있는 위이잉 소리로 짐작하건대 뭔가 작동하는 듯했다.

"넌 누구야?"

나는 말을 내뱉었다. 고유한은 무표정한 얼굴로 기계를 바라볼 뿐이었다. 원통형 몸체에 적힌 글자가 보였다. TWIN.

"이 기계."

고유한이 말했다.

"파괴해야 해."

"뭐?"

나는 고유한의 눈동자를 따라 하늘을 올려다보았다. 그제야 반쯤 찢긴 하늘이 보였다. 그 틈새 양 끝을 기계가 잡고 있었다. 지금까지 이걸 못 봤다니 이상할 정도였다. 고유한이 말했다.

"현실과 꿈의 세계를 기계가 억지로 연결하고 있어. 이걸 파괴해야 세계 간 연결이 끊겨."

"무슨 말이야? 연결이 끊긴다고?"

"네가 현실로 돌아갈 수 있다는 말이야."

고유한이 대답했다. 가슴이 쿵 울렸다. 현실로 돌아갈 수 있다고? 그런데…… 내가 왜 현실로 돌아가야 하지?

규리 말이 불현듯 떠올랐다. 식물인간이면 어떻냐는 말. 꿈속에서 나는 행복했다. 누군가에게는 사소한 일상이겠지만 이곳에서 보고 들은 모든 것을 영원히 반복해서 기억해도 좋을 정도로. 무엇보다 현실로 돌아갈 자신이, 다시 그 시궁창 같은 인생으로 돌아갈 자신이 없었다.

고유한이 서랍장을 열어 공구함을 꺼냈다. 기계를 수리하려고 둔 것 같았다. 나는 고유한이 공구함에서 꺼낸 망치를 보고 소리를 질렀다.

"그만해!"

고유한은 날 바라보았지만 행동은 멈추지 않았다. 그 애는 망치를 나에게 내밀었다.

"네가 해."

"못 해."

나는 숨을 골랐다.

"이곳이 누군가에게 현실이라면 나에게도 현실이 될 수 있을 거야."

행복하게 살고 싶은 게 죄는 아니니까. 고유한은 그 자리에 서서 말했다.

"그렇지 않아. 너의 현실은 저 바깥에 있어."

"그렇다고 해도……."

나는 말을 멈췄다. 울음이 나올 것 같아 침을 몇 번 삼켰는데도 목소리가 갈라져 나왔다.

"나는…… 현실로 돌아갈 수 없어."

고유한은 아무런 대답도 하지 않았지만 그 애 얼굴은 왜인지 상처받은 것처럼 보였다. 현실로 돌아갈 수 없다……. 나는 천천히 입을 열었다.

"넌 이 기계를 파괴할 수 없지?"

답을 얻으려고 한 질문은 아니었다. 답은 이미 얻었으니까. 언제나 또렷하던 고유한의 눈동자가 흔들렸다. 나는 말을 이었다.

"너를 보면서 늘 이상하다고 생각했어. 세계를 이동하는데 똑같은 사람은 없었거든. 외모, 체형, 성격, 하다못해 표정이라도 달랐지. 그렇지만 넌 늘 똑같았어. 동시에 눈에 잘 띄지 않았고."

"난……"

"너도 언니의 '표본'이지?"

은휘태와는 다른, 더 초기 표본. 불완전한 약을 먹여 실험한 실험체. 비서가 고유한을 아는 것도 그 이유로 설명할 수 있다.

"처음에는 네가 두 세계 모두에 속한다고 생각했지만 아니야. 너는……"

나는 숨을 들이마셨다.

"어느 세계에도 속하지 못한 거야."

"그래."

고유한이 말했다. 그 애는 내가 기계를 파괴할 생각이 없다는 걸 이해했는지 망치를 도로 내려놓았다. 나는 몸을 돌렸다. 뒤에서 고유한의 목소리가 들렸다.

"네가 아직 모르는 게 있어."

"됐어. 듣고 싶지 않아."

고유한이 그 기계를 파괴하지 못한다면 더 이상 있을 이유가 없다. 예상대로 고유한은 날 붙잡지 않았다. 집으로 가야 했다. 시간이 얼마나 지났을까? 엄마는 내가 없어진 걸 알았을까? 건물 밖으로 나가자 어두워진 하늘이 보였다.

현관에 들어서자 엄마 목소리가 들렸다.

"내일 학교도 가야 하는데 어디 갔다 왔어?"

나는 언니 방문을 곁눈질했다. 심장이 쿵쿵 뛰었다.

"언니는?"

"기숙사 갔지. 유주는 어딨냐고 물어보던데."

자기가 납치하고는 어딨냐고 물어봤다고? 언니는 왜 떠났을까? 기숙사로 간 건 맞을까? 그 빌딩이 아닌 다른 곳으로 갔을까? 복잡한 심경을 뚫고 엄마 목소리가 들려왔다.

"저녁 먹자. 너 좋아하는 갈비찜 했어."

25

 언니는 다시 오지 않았다. 별다른 연락도 없었다. 언니가 날 납치한 게 망상인가 싶을 정도였다. 아니면 내가 그 기계를 봤다는 사실을 알고 있을까? 나는 기계를 파괴하지 않았으니까 이제 나를 위협으로 여기지 않는 걸까?

 나는 학교에 갔다. 나의 삶을 이어 나갔다. 별이와 라희는 매 순간 내가 가치 있는 존재라는 사실을 웃음이나 대화로 일깨워 주었고, 은휘성은 비밀을 털어놓은 이후 한층 더 다정해졌다. 규리 같은 애들이 반마다 몇 명씩 빠져 어수선했던 교실도 그들 없이 돌아가기 시작했다. 사실 그건 당연한 일이었다. 그 애들은 있으나 마나 한 존재였으니까.

 "유주야, 안녕."

 교실로 들어가자 별이가 생글거리며 인사했다. 나는 별이 옆자리로 가 앉았다. 별이가 말했다.

"상 받은 거 축하해."

"고마워. 네 덕분에 내가 정말 하고 싶은 걸 찾았어."

그림을 그리는 일은 언제나 즐거웠다. 학교 대회만 나가던 나는 원장님 권유로 나간 외부 대회에서 대상을 받았다. 시상식에는 엄마와 아빠, 심지어 원장님까지 왔지만 언니는 없었다. 다행이었다. 아직은 언니와 이야기 나눌 자신이 없었으니까. 종이 울리기 일 분 전에 라희가 후다닥 들어왔다. 그 모습이 한결같아 웃음이 나왔다.

"조례 시작할게요."

어느새 들어온 임시 담임 선생님이 말했다. 장주혁 선생님은 병가 중이다. 아마 현실의 나 혹은 이곳의 규리와 비슷한 증상이겠지. 나는 그런 선생님의 현실은 이곳일 거라고 생각했다. 한때는 선생님이 원망스러웠지만 이제는 선생님을 이해한다.

1교시는 미술이었다. 우리는 필기구를 챙겨 미술실로 이동했다. 선생님은 네 시간짜리 수업을 할 거라고 했다. 색깔이 다양한 잡지를 찢어 붙여 그림을 만드는 콜라주 수업이었다. 나는 사절지에 밑그림을 그렸다. 은휘태 그림을 오마주하고 싶었다. 대신 둘로 찢겨지는 사람 말고 온전한 한 사람으로 그렸다. 발광 재질 종이를 찢어 머리와 가슴까지 붙이자 수업 시간이 끝났다. 그림을 끝까지 완성하고 싶었는데 아쉬웠다.

'뭐, 다음 주에 하면 되니까.'

다음 시험을 대비해 필기를 열심히 하고 나니 점심시간이 되었다. 오늘 메뉴는 마라탕이었다. 급식에서 나오는 음식이 그렇듯 묘한 맛이었으나 별이와 라희와 떠들며 먹다 보니 맛있었다. 교실로 돌아오자 아이들 한가운데서 이야기하는 은휘성이 보였다. 어떨 때는 한없이 가깝게 느껴지는데 또 이럴 때는 멀게 느껴진다.

자리에 앉아 책상 안쪽에 손을 넣으니 뭔가 잡혔다. 귀퉁이가 접힌 쪽지였다.

'내일 학교 끝나고 시간 돼?'

은휘성 글씨체였다. 주위를 에워싼 아이들 틈으로 은휘성과 눈이 마주쳤다. 입 모양으로 '왜?' 하고 묻자 '할 말 있어'라는 답이 돌아왔다. 가슴이 뛰었다.

학교가 끝나고 별이와 미술 학원에 갔다. 얼음이 동동 뜬 시원한 레모네이드를 마시며 그림을 그렸다. 연습지에 별이를 그리려고 했는데 전혀 다른 여자아이가 그려졌다. 별이가 물었다.

"누구야?"

"이건······."

규리였다. 현실의 규리. 나는 까만 물감으로 그림을 덮어 버렸다. 왜 그러냐는 별이 질문에는 그냥 낙서라고 얼버무렸다.

'잊어버려. 난 이곳에서 살아갈 거야.'

"우리 끝나고 샌드위치 먹으러 갈래?"

"그래."

나는 생각을 멈추고 대답했다. 새로 생긴 샌드위치 가게는 어수선한 분위기였고 줄도 길었다. 나는 햄 샌드위치, 별이는 치킨 샌드위치를 골랐다. 한입 베어 문 순간 우리는 기다린 시간이 아깝지 않았다는 것을 알았다. 그만큼 샌드위치 맛은 훌륭했다. 반 정도 먹었을 때 별이가 입을 열었다.

"유주야, 넌 진로를 구체적으로 생각해 본 적 있어?"

"진로?"

디자이너가 되면 어떨까 생각도 했고 캔버스에 작품을 그려서 전시하는 작가도 고민해 봤지만 아직 확실히 정한 건 없었다. 별이가 양 볼을 부풀렸다가 한숨을 쉬었다.

"나는 디자인과에 간다는 생각만으로 그림을 그렸어. 뭐, 엄마가 미술을 했으니까 자연스럽게 접한 것도 있고. 근데 요즘에는 고민이 좀 되더라. 내가 이걸 정말 좋아하는 게 맞나, 그런 고민. 너를 보면서 이렇게 타고난 아이도 있는데 이 길로 가는 게 맞을까 하는 생각도 들었고. 오해하지 마. 너같이 재능 있는 애가 내 친구라는 게 자랑스러우니까."

별이는 반짝이는 눈으로 나를 보며 미소를 지었다. 나도 따라 웃을 수밖에 없었다.

"내가 어제 영상을 하나 봤는데, 너도 볼래?"

나는 유튜브 시청 기록으로 들어가 가장 앞에 있는 영상을 클릭했다. 커다란 캔버스에 알록달록한 물감을 칠하는 타임랩스 영상이었다. 화가는 오랜 기간 동안 정성 들여 그림을 그렸다. 타임랩스로도 몇 분이었으니 실제로는 어마어마한 시간일 터였다. 완성된 그림은 아름다운 환상의 세계였다. 그런데 갑자기 화가는 검은색 물감으로 그림 전체를 덮었다. 그전까지 공들였던 아름다운 세계는 붓질 몇 번 만에 사라져 버렸다.

　화면에 눈을 고정한 별이가 입술을 달싹였다. 화가는 검은색 캔버스 한복판에 절망에 빠진 듯한 사람을 그렸다. 그리고 조금 후에 길도 짙은색 물감을 살싹 긁어냈다. 힘없이 웅크린 사람 뒤에 환상의 세계로 갈 수 있는 틈새가 나타났다. 그리고 영상은 끝났다. 나는 입을 열었다.

　"겉으로 보이는 게 다는 아니잖아. 예술은 누가 더 잘한다고 판단하기 어려워. 사람마다 세상을 보는 시각이 다르고, 그 시각이 녹아든 그림을 보는 사람들의 시각도 제각각일 테니까. 내가 본 너는 예술을 사랑해. 방금 전에도 영상에 완전히 몰입했잖아. 제일 중요한 재능은 그거야."

　별이의 눈에 물기가 어렸다.

　"고마워, 유주야."

　나는 말없이 웃음을 지었다. 이 그림을 그린 사람은 은휘태였다. 모자를 눌러썼지만 언뜻언뜻 보이는 옆얼굴로 알 수 있었다. 그곳에서는 그림을 마음껏 그리고 있을까?

　별이와 헤어지고 난 후 나는 집으로 돌아왔다. 엄마와 이야기를 나누면서도 정신은 딴 곳에 가 있었다. 나는 핸드폰 화면에 뜬 메시지들을 보다가 문득 날짜를 봤다. 10월 14일. 내가 현실에서 깼던 마지막 날짜였다. 계속 깨지 않으니 이 세계의 시간이 현실의 시간을 따라잡은 건 당연한 결과였다. 각오는 했지만 막상 이렇게 되니 두려웠다. 현실의 나는 어떻게 됐을까? 어쩌면 이미 식물인간이 된 건 아닐까? 나는 고개를 저었다.

'내가 현실이라고 생각하는 곳이 현실이야.'

내일이면 꿈속 시간이 현실 시간을 넘어선다. 동시에 나는…….

'모든 것을 잊는다.'

나는 이불을 턱까지 올렸다. 서서히 졸음이 밀려왔다.

26

"유주야, 안녕."

별이였다. 창문으로 들어온 바람에 단발머리가 옅게 흔들렸다. 앞으로 이 웃음을 계속 볼 수 있을 거라 생각하니 가슴이 벅찼다. 나는 별이 옆자리로 가 앉았다.

"상 받은 거 축하해."

별이가 말했다. 나는 별이를 바라보았다.

"무슨 상?"

"대상 받은 거 있잖아."

"아, 그거. 어제 축하한다고 말했잖아?"

나는 탐탁지 않은 목소리로 말했다. 별이가 내 그림을 보며 회의감을 느낀다는 걸 안 이상, 같은 인사를 두 번이나 받으니 달갑게 느껴지지는 않았다. 어릴 때부터 해 왔던 것을 갑자기 나타난 누군가가 더 잘한다면 당연히 느낄 수 있는 감정이겠지만 그 감정이 우리 둘 사이에 균열로 이어지는 건 바라지 않았으니까.

"어제?"

별이가 눈을 깜빡이며 나를 바라보았다. 놀라긴 했지만 어떤 부정적인 감정도 섞이지 않은 얼굴이었다.

"어제는 시상식이었잖아."

"그저께야."

내가 설명했다. 별이는 고개를 갸웃했지만 라희가 들어오자 인사하느라 정신이 팔렸다. 아니나 다를까 종이 울리고 임시 담임 선생님이 들어왔다.

"조례 시작할게요."

나는 선생님의 말을 건성으로 들으며 벽면에 붙은 시간표를 보았다. 1교시는 수학이었다. 나는 책상 서랍 안에서 수학책을 꺼냈다. 고개를 들었더니 교실에 있는 애들 중 반은 사라져 있었다.

"왜 수학책을 꺼내?"

라희가 물었다. 라희는 분홍색 헤어롤로 앞머리를 말고 있었다. 나는 되물었다.

"1교시 수학 아니야?"

"미술인데?"

별이가 생글거리며 웃었다. 라희가 내 수학책을 다시 서랍에 넣으며 말했다.

"정신 좀 차려라, 양유주."

"어?"

나는 멍하게 둘을 바라보았다. 미술 수업은 어제였는데……. 아이들에게 이끌려 미술실로 이동하자 선생님이 뭐라 뭐라 설명하기 시작했다. 색깔이 다양한 잡지를 찢어 붙여 그림을 만드는 네 시간짜리 수업을 할 거라고 했다. 나에게 배분된 사절지 종이는 텅 비어 있었다. 나는 이 종이 위에 밑그림을 그리고 발광 재질 종이를 머리와 가슴까지 붙였다는 것을 기억했다. 핸드폰 화면을 켜자 날짜가 보였다. 10월 14일.

'뭐지?'

어제와 같은 날짜였다. 아니, 내가 착각하는 건가? 어제는 14일이 아니라 13일이었나? 나는 어제, 그러니까 내가 어제라고 생각한 날에 일어난 일들을 하나하나 되짚었다. 급식으로 마라탕이 나왔고 은휘성에게 쪽지를 받았다. 학교가 끝난 뒤엔 미술 학원에 갔고 별이와 샌드위치를 먹으며 동영상으로 은휘태의 작업 과정을 보았다. 이제부터 내가 할 일은 이 일들이 내가 기억하는 그대로 이루어지는지 이루어지지 않는지 확인하는 것이다.

식단표를 보니 오늘 메뉴는 역시나 마라탕이었다. 나는 배가 아프다고 둘러대고 교실에 남았다. 책상에 앉아 생각해 보니 은휘성이 쪽지를 넣으려면 교실을 비워야 했다. 나는 복도로 나갔고 때마침 은휘성이 교실로 들어갔다. 창문 너머로 샤프를 꺼내 쪽지를 쓰는 은휘성이 보였다. 잘 써지지 않는지 몇 번이고 다시 쓰는 은휘성 얼굴이 너무나 진지해서 순간 나는 모든 걸 잊고 그 애를 바라보았다. 네 번째로 쓴 쪽지는 마음에 들었는지 은휘성은 내 책상 서랍에 쪽지를 넣고 자리로 돌아갔다. 급식을 먹은 아이들이 교실로 돌아올 시간이었다.

나는 은휘성에게 왜냐고 물어보지 않았다. 할 말이 있다는 걸 아니까. 머리가 복잡했다. 학원에 가서는 연습지에 아무것도 그리지 않고 그림에만 열중했다. 별이 목소리가 들렸다.

"우리 끝나고……."

"샌드위치 먹으러 가자고?"

나는 무의식적으로 말을 맺었다. 별이가 손뼉을 치며 좋아했다.

"맞아! 어떻게 알았어?"

"별아."

나는 울고 싶은 심정으로 별이를 보았다.

"너 진짜 기억 안 나? 어제 나랑 샌드위치 먹었잖아. 내가 영상도 보여 줬고."

"어제? 어제는 학원 오는 날 아니잖아. 너 아침에도 그렇고 좀 이상한데. 무슨 꿈이라도 꾼 거 아냐?"

별이가 물었다. 가슴이 쿵 울렸다. 꿈. 나는 꿈을 꾸고 있었다. 그리고 지금도 꿈을 꾸고 있다.

다음 날도, 그다음 날도 10월 14일은 반복되었다. 셋째 날이 되고 나는 미술 학원에 갔다. 이제는 무표정하게 그림을 그리는 아이들의 얼굴이 무섭게 느껴졌다.

나는 벌떡 일어났다. 의자가 탁 소리를 내며 바닥에 쓰러졌다.

"괜찮아?"

별이가 물었다. 나는 학원 문을 박차고 뛰쳐나갔다. 뒤에서 부르는 소리가 들렸지만 무시했다. 거리 한복판으로 나와 은휘성에게 전화를 걸었다. 연결음이 한 번 울리기도 전에 은휘성이 전화를 받았다.

"여보세요."

"너 어디야?"

"학원. 지금은 쉬는 시간이야."

"내 책상에 쪽지 넣어 놨잖아. 할 말 있다고. 그거 뭐야?"

나는 또박또박 말하려고 노력했다. 은휘성이 잠깐 침묵했다.

"내일 말할게."

"지금……, 지금 말해 주면 안 돼?"

"전화로는 안 돼. 중요한 얘기거든."

은휘성이 말했다. 나는 더 이상 아무 말도 할 수 없었다. 어쩌면 은휘성도 날 좋아한다는 건 착각일지도 모르니까. 내일이면 알 수 있겠지만 나에게는 내일이 없다.

'왜?'

모든 어두운 색깔을 합친 것 같은 사람들이 각자 목적지를 향해 걸어갔다. 나는 가로등 아래 벤치에 앉아 그들을 바라보았다. 꿈은 현실을 앞설 수 없다. 내 꿈을 만드는 건 내가 현실에서 경험한 것들이었다. 별이와 라희, 은휘성은 전날에 했던 대화를 기억하지 못했다. 그 애들에게는 '오늘'이 처음이니까. 언니와 회장은 두 세계를 연결할 때 이건 생각하지 못했던 걸까?

'이렇게 살 순 없어. 그렇지만 내가 뭘 어떻게 해야 하지?'

"유주야."

별이 목소리가 들렸다. 학원에서 날 찾으러 온 모양이었다. 별이 눈동자를 보자 한 사람이 떠올랐다.

"별아, 너 고유한 알지?"

"누구?"

"고유한. 출석 번호 1번이잖아."

나는 간절하게 말했다. 그 애한테 물어봐야 했다. 그렇지만 대부분의 시간 동안은 아예 눈앞에 나타나지도 않는 아이였다. 별이가 고개를 갸우뚱거렸다.

"모르겠는데……."

"아무리 그래도 우리 반 앤데 모르겠다고?"

"이름은 들어 본 것 같기도 하고……."

별이가 말했다. 나는 떨리는 손으로 별이 어깨를 쥐었다.

"나 몸이 안 좋아서 가 봐야 할 것 같아. 심각한 건 아니니까 걱정하지 말고. 내일……, 내일 봐."

별이가 대답하기도 전에 나는 몸을 돌려 뛰어갔다. 모두가 고유한을 모르지는 않을 거란 생각에 나는 반 애들에게 연락을 돌렸다. 하지만 모두들 잘 모르겠다는 대답뿐이었다. 불현듯 고유한은 어느 세계에도 속하지 않는다는 말이 떠올랐다. 그리고 내가 아직 모르는 게 있다는 말도.

나는 휘청이며 침대에 누웠다. 눈을 감으면 내일, 아니 오늘이 되고 그럼 학교에 간다. 고유한을 꼭 찾아내겠다고 다짐하며 나는 눈을 감았다.

27

"왜, 왜, 왜?"

나는 방 안을 빙빙 돌며 중얼거렸다. 벽에 그은 선들이 감옥을 연상케 했다. 고유한을 찾기 위해 별별 짓을 다 했지만 그 애는 나타나지 않았다. 고유한을 찾으려는 건 단순히 이 세계에 대한 질문을 하기 위해서가 아니다. 나는 언니와 회장 같은 몇몇만 제외하면 이곳에 대해 제일 잘 안다고 자부한다. 10월 14일 화요일에서 벗어나기 위한 방법은 단 하나다. 현실에서 눈을 뜨는 것. 시간이 얼마나 흘렀을지는 모르겠지만 일단 현실에서 눈을 뜨면 그날까지는 꿈속 시간을 연장할 수 있다. 문제는 내가 못 깨어난 지 꽤 됐다는 것. 고유한은 깨어나는 방법을 알고 있을지도 모른다.

나는 고개를 돌려 벽을 바라보았다. 하루가 몇 번 반복됐는지 세기 위해 선을 그었다. 선이 몇 개지? 아니, 세는 건 더 이상 의미가 없다. 나는 고유한을 찾을 수 없다는 걸 인정해야 했다. 깨어나는 방법은 스스로 알아내야 한다.

'방법을 알고 있잖아.'

머릿속에서 목소리가 울렸다. 퓨처바이오에 들어가 기계를 파괴하는 것. 그렇지만 고유한은 기계가 파괴되면 세계 간 연결이 끊긴다고 했다. 내가 바라는 건 그게 아니다. 내가 바라는 건, 멈춰 버린 꿈속 시간이 다시 흐르는 거다. 그러려면 우선 깨어나야 한다. 꿈속에서 잠을 자면 현실로 돌아갔는데 이제는 돌아갈 수 없다. 자정 전에 잠들어 봤지만 아무 소용이 없었다. 대체 내가 뭘 할 수 있지?

"아!"

나는 소리를 질렀다. 워터파크에서 있었던 일이 떠올랐다. 파도에 떠밀려 벽면에 부딪혔을 때 잠깐 동안 본 검은 화면. 나는 그때 현실에 갔다 왔다고 생각했다. 그보다 더 큰 물리적인 충격을 받으면 완전히 깨어날 수 있을지 모른다. 나는 의자를 밟고 책상 위로 올라섰다. 책상 높이에 내 키까지 더해지니 아찔했다.

'죽지는 않을 거야. 다치지도 않을 거고.'

방문이 닫혀 있어 쿵 소리가 나더라도 엄마 아빠가 듣지 못할 것이다. 나는 바닥으로 뛰어내렸다. 추락이라고 부르기도 애매한 짧은 시간 후, 온몸에 통증이 느껴졌다. 동시에 나는 눈을 떴다.

28

"우웨에에엑."

"양유주 학생!"

"유주야!"

소란스러운 병실, 나는 구역질을 했다. 입 안쪽으로 기다란 튜브가 연결되어 말을 할 수도, 심지어 기침을 할 수도 없었다. 나는 거의 내장까지 파고든 것 같은 튜브를 빼내려고 손을 휘저었다. 새파랗게 멍든 팔에는 링거가 연결되어 있었다. 나는 내 몸에 달린 것들이 은휘태의 몸에 달린 것과 같은 생명 유지 장치라는 사실을 깨달았다.

"진정해요, 유주 학생. 인공호흡기 불편하죠?"

간호사가 말했다. 나는 눈물이 그렁그렁한 눈으로 고개를 끄덕였다. 간호사가 또렷한 목소리로 말했다.

"검사하고 바로 빼 줄게요. 불편해도 조금만 참아요."

곧이어 간호사가 와서 장치를 조정하고 피를 뽑아 갔다. 호흡기를 뺄 수만 있다면 뭘 하든 상관없었다. 엄마 아빠는 상당한 시간을 내 옆에서 보냈는데, 믿기 힘들지만 위안이 되었다. 언니가 아닌 나를 바라보는 엄마 아빠가 얼마 만인지 기억도 나지 않았다. 몇 분인지 몇 시간인지 모를 시간이 지나 내 기도에서 인공호흡기가 완전히 빠져나왔을 때, 나는 외쳤다.

"오늘 며칠이에요?"

"11월 1일이야."

옆에 있던 간호사가 말했다. 수십 번 살았던 꿈속 10월 14일에서 보름도 넘은 날짜였다. 이제 됐어. 나는 한숨을 내쉬며 침대에 누웠다. 이따가 아무도 없을 때 약을 먹으면 다시 꿈속으로 돌아갈 수 있을 터였다. 몇 초 후 병실 문을 열고 한 남자 의사가 피곤한 얼굴로 내게 걸어왔다.

"안녕? 유주라고 했지? 나는 트윈 현상을 연구하는 의사 이제환이라고 해. 몇 가지 질문에 답해 줄 수 있을까?"

"트윈…… 현상이요?"

나는 말을 더듬거렸다.

"그래. 알고 있을지 모르겠지만 지금 며칠씩 잠에서 깨어나지 못하는 십 대가 늘어나고 있어. 사흘씩, 일주일씩 잠자는 시간이 길어지다가 의식을 잃게 돼. 조사한 바 트윈이라는 알약과 관련이 있다는 걸 알았고, 트윈 현상이라고 불리게 됐어."

"그걸 어떻게……."

"위험성 때문에 병원 내에 있는 알약은 모두 회수했어."

의사의 말이 끝나자마자 나는 벌떡 일어나 침대 아래를 살폈다. 알약은 어디에도 없었다.

'안 돼.'

심장이 쿵 떨어지는 것 같았다. 알약이 없으면 다시 꿈속 세계로 갈 수 없다. 위쪽에서 의사 목소리가 들렸다.

"어떻게 깨어난 거니? 그러니까 너같이 가망 없어 보였던 아이가 깨어난 건 이례적인 일이거든……."

"저기요."

나는 이를 악물고 일어섰다.

"약을 뺏어 가면 어떡해요."

"뺏어 간 게 아니라 너희들에게 도움이 되려는 거……."

"도움, 도움, 도움!"

나는 소리를 질렀다.

"다들 그렇게 말하는데 진짜로 날 도와준 게 뭔지 알아요? 그 약이에요. 아무도 못 해 주는 걸 그 알약이 해 줬다고요."

나는 온 힘을 다해 의사를 밀치고 병실 밖으로 나갔다. 문을 닫고 심호흡을 하는데 안쪽에서 엄마 목소리가 들렸다.

"선생님, 정말 죄송합니다. 유주가 정말 착한 아이인데 왜 이렇게 됐는지 모르겠어요."

"괜찮습니다. 오래 잠들었다 막 깨어난 아이들은 혼란스러워하는 경우가 많아요. 시간을 두고 지켜보시면 원래대로 돌아올 겁니다. 아, 알약은 절대 못 먹게 하시고요."

절망적이었다. 나는 비틀거리며 화장실로 들어갔다. 벽에 기대서 핸드폰을 보자 수많은 광고 메시지가 떠 있었다. 그중 우리 반 애들에게서 온 건 하나도 없었다. 다른 알림 하나가 눈에 띄었다.

플미 사태 정리합니다. (187)

나는 알림을 눌러 사이트로 들어갔다. 잊고 있었던 암거래 사이트 글들이 주르륵 떴다.

의사한테 말한 거 누구임? (1)
[서울] 남부 사각지대에서 일주일 치 판매 (41)
와 판매글 진짜 안 올라오네요 (0)
[구함] 부산 센트럴시티 약 구합니다 (0)
여기도 점점 화력이 떨어지는 것 같다…… (1)
근데 님들은 진짜 식물인간 돼도 상관없는 거임? (4)
해킹당해도 어차피 안전해요. (1)

나는 판매글 하나를 클릭하고는 깜짝 놀랐다. 알약 일주일 치, 그러니까 일곱 알이 팔십만 원에 판매되고 있었다. 심지어 댓글에는 돈을 더 주겠다는 사람도 넘쳐 났다. 내가 잠든 동안 무슨 일이 벌어진 거지? 나는 스크롤을 올리다가 댓글 수가 가장 많은 첫 번째 글을 눌렀다.

안녕하세요. 지금 트윈 가격 플미, 그러니까 정가보다 비싸게 되파는 현상에 의문을 가진 분들이 많을 텐데요. 빠르게 한번 정리해 보겠습니다. 여러분은 모르셨을 수도 있지만 이 사이트에는 이른바 '큰손'이 있었습니다. 아이디 float210 사용자인데요. 여러 정황을 봤을 때 운영자이거나 적어도 한편으로 보입니다. float210은 택배 거래로 수백 개 트윈을 각지 사용자에게 판매했습니다. 거래 횟수나 양으로 봤을 때 판매보다는 '납품'이 더 어울리는 표현이겠지만요. 그러나 알 수 없는 이유로 float210은 활동을 멈췄고 납품이 멈추자 이곳 역시 휘청이게 된 겁니다. 공급보다 수요가 많아지면 플미가 붙는 건 당연하고요. 엎친 데 덮친 격으로 의료진들이 트윈에 대해 알게 되면서 트윈을 압수하고 금지 품목 처리했는데요. 이런 사태로 당분간 가격이 내려가지 않을 것으로 보입니다.

나는 스크롤을 넘겨 댓글을 확인했다.

일목요연한 정리 감사드립니다.

그 정황이라는 게 뭐죠?
  ↳지금 그게 중요한 게 아니잖아요.

아니 그래서 약 어떻게 구하는데…… 그걸 알려 줘야지ㅜㅜ

float210? 그 사람은 정체가 뭘까. 사이트 운영자랑 관계가 있을 정도면 뭔가 의도가 있을 텐데.
  ↳그니까 ㄹㅇ 소름;;

플미라고 줄임말 쓰지 말고 '프리미엄'이라고 쓰세요.
  ↳불편충……

여러분, 제가 여섯 달째 약을 먹었는데요. 아직도 꿈속에서 잠들면 현실로 돌아와요ㅜㅜ 안 돌아오는 분들 어떻게 하셨나요?
  ↳그거 위험해요. 뉴스 보셨겠지만 식물인간 되는 거 한순간이에요.
  ↳약 먹을 정도로 나락 간 애들인데 식물인간이 퍽이나 무섭겠다.

나는 핸드폰 화면을 끄고 거울을 바라보았다.

float210.

어릴 때부터 본 언니 아이디였다. 나는 의사가 없다는 걸 확인하고는 병실로 돌아갔다. 지친 표정으로 창문 너머를 바라보던 엄마가 애써 입꼬리를 올렸다.

"괜찮아?"

"언니는?"

내가 묻자 한순간 엄마 눈동자가 흔들렸다.

"집에 있겠지."

"나 집에 가야겠어."

나는 몸을 돌렸다. 엄마가 나를 붙잡았다.

"아직 회복이 안 됐어. 몇 주는 병원에 있어야 한대."

"언니한테 갈 거야."

나는 문득 내가 반말하고 있다는 사실을 깨달았다. 그러나 그런 것까지 신경 쓰기에는 너무 피곤했다.

"유주야."

엄마가 말했다.

"지금은…… 회복하는 데만 집중하자. 알았지?"

나는 엄마를 쳐다보았다. 엄마가 어디까지 아는지 알 수 없었다. 엄마는 일부러 안 묻는 것 같기도 하고, 묻고 싶지 않은 것 같기도 했다. 나는 몸을 웅크리고 누웠다. 숨이 잘 쉬어지지 않았다.

29

 병실 안은 고요했다. 엄마는 며칠째 내 곁을 떠나지 않았다. 병원 안을 돌던 이제환 의사와 내 이야기를 몇 번 한 것 같은데 확실하지는 않았다. 의사 지시인지 엄마가 대화를 시도한 적도 있지만 나는 대화를 하고 싶지 않았다. 나에게 필요한 건 약이었다.
 "으음······."
 간병인 침대에 누워 있던 엄마가 뒤척였다. 내가 조금이라도 소리를 내면 바로 깰 것 같았다. 나는 버스 카드를 챙겼다. 그다음이 가장 위험하다. 나는 천천히, 아주 천천히 손목에 매달린 링거 바늘을 뽑았다. 피와 함께 수액이 뚝뚝 떨어졌다. 엄마는 아직도 자고 있었다. 나는 어젯밤에 써 둔 쪽지를 베개 위에 올려 두었다.
 '나 바람 좀 쐬고 올게.'
 이걸로 적어도 삼십 분 정도는 벌 수 있을 터였다. 나는 병실을 빠져나와 비상계단 쪽으로 향했다. 소리 없이 움직여야 했다. 1층에 도착하자 복도가 보였다. 익숙한 간호사 한 명이 통화를 하며 걸어갔다.

"아뇨, 깨어나는 아이들은 극소수예요. 네……, 네."

나는 숨죽이고 벽 뒤에 몸을 숨겼다. 간호사가 완전히 사라질 때까지 심장이 터질 듯이 뛰었다.

'이제 나갈 수 있어.'

병원 로비는 소란스러웠다. 사람들은 각자 일을 하느라 정신이 없어서 나를 신경 쓰지 않았다. 나가는 문 쪽으로 향하면서도 누군가가 나를 부를 것만 같았다. 하지만 다행히 아무도 나를 알아보지 못했다. 자동문이 부드럽게 열렸다. 성공이었다.

곧장 버스 정류장으로 달려가 집으로 가는 버스를 탔다. 이제 엄마는 깨어났을까? 그랬다면 내 쪽지를 봤겠지. 설마 보자마자 신고하진 않을 테니까 아직 시간은 있다.

집은 적막했다. 조금도 이상하지 않다. 우리 집과 적막은 떼 놓을 수 없는 단어니까. 나는 굳게 닫힌 언니 방문을 두 손으로 쾅쾅 두드렸다.

"언니! 문 열어! 언니가 누군지 알아!"

꿈속 언니는 두려웠지만 현실 언니는 그렇지 않다. 한참 동안 문을 두드렸는데도 응답이 없었다. 숨이 찬 나는 문고리를 잡고 미끄러져 앉았다. 그 순간 문고리가 당겨지며 문이 열렸다.

'잠긴 게 아니었어?'

마구잡이로 뛰는 심장을 다독이며 들어선 그곳은 저번에 봤던 방과는 달리 깨끗했다. 음식물 쓰레기 냄새도 나지 않았고 일회용기도 없었다. 그리고…… 언니도 없었다. 나는 절망적으로 방 안을 바라보았다. 이곳에는 약을 숨길 수 없을 것 같았다. 침대 밑을 살펴보고 책상 서랍도 열어 봤지만 아무것도 없었다.

그때 창문틀 위에 뭐가 이질적인 것이 보였다. 나는 창문틀로 가까이 다가갔다. 본 적이 있었다. 만들다 만 캡슐처럼 생긴 기계. 아니, 이제는 완성된 형태처럼 보였다. 맨 아래쪽 초록색 고정판 위에 적힌 글자가 보였다.

TWIN.

퓨처바이오 빌딩 꼭대기에 있는 기계와 같은 기계였다. 크기는 다르지만 모양은 똑같았다. 나는 열린 창문을 응시했다.

'이게 파괴되면 세계 간 연결이 끊길 거야.'

나는 손을 뻗었다. 창문같이 아슬아슬한 곳 말고 좀 더 안전한 곳으로 옮겨야 했다. 아니, 아닌가? 이런 곳에 둔 이유가 있을까? 손을 다시 거두는데 기계가 툭 하고 창밖으로 떨어졌다.

'어?'

숨이 멈춘 것 같았다. 나는 쿵 소리가 나기 전에 창문 밖으로 고개를 내밀었다. 곧이어 둔탁한 소리와 함께 기계가 아스팔트 위로 떨어졌다.

"안 돼, 안 돼……."

나는 엘리베이터를 타고 한달음에 기계가 떨어진 곳까지 달려

갔다. 몇십 미터 위에서 떨어졌는데 괜찮을까? 온갖 걱정은 기계를 본 순간 사그라들었다. 기계는 멀쩡했다. 나는 떨리는 두 손으로 기계를 들어 올렸다. 멀쩡한 정도가 아니라 흠집 하나 나지 않았다.

'뭐시?'

다행이긴 한데 기분이 이상했다. 어쩐지 섬뜩하다고 해야 할까. 나는 집으로 다시 올라가 기계를 창문틀 바로 그 자리에 올려놓았다. 핸드폰을 보니 부재중 전화 열세 통이 찍혀 있었다. 병원에서 나의 부재를 알았다. 나는 위치 추적을 피하려고 핸드폰 전원을 꺼 버렸다. 그러나 아직 안전하지 않았다. 다른 곳으로 이동해야 했다. 어디로 가야 하지? 뭘 해야 하지? 천천히 그 이름이 떠올랐다.

'고유한.'

학교로 가야 했다. 나는 다시 엘리베이터를 타고 공동 현관으로 달려갔다. 유리문 너머로 검은색 자동차가 보였다. 병원 관계자처럼 보이는 사람들과 엄마가 내렸다.

'안 돼!'

나는 우왕좌왕하다가 들키기 전에 지하 주차장으로 내려갔다. 그리고 출구를 따라 바깥으로 나왔다.

학교는 가까웠다. 온 힘을 다해 교문 안으로 들어서니 떠올리고 싶지 않았던 기억들이 스멀스멀 올라왔다. 아이들이 떠들고 있을 교실로 올라가고 싶지 않았다. 나는 계단을 바라보며 서 있었다.

문득 내가 환자복을 입고 있다는 것이 생각났다.
그 순간 종이 울렸다. 몇 초 후에 아이들이 한꺼번에 쏟아져 나왔다. 아는 얼굴도, 모르는 얼굴도 있었다. 그들은 급식실을 향해 걸어갔다. 친구가 있는 아이들에게만 부여된 특권. 나는 멍하니 바라보았다. 규리. 규리가 그곳에 있었다. 내가 기억하는 모습 그대로였다. 고양이 같은 눈매와 배우 같은 외모, 무엇보다 꿈속에서는 상상도 하지 못할 만큼 환한 웃음을 짓고 있었다.
규리의 친구들이 지나가며 나를 흘낏거렸지만 규리는 나에게 눈길조차 주지 않았다. 못 본 건지 못 본 척하는 건지 헷갈렸다. 다음 순간 내가 가장 필요로 했던 아이가 보였다.
"고유한!"
안도감에 눈물이 날 것만 같았다. 고유한이 멈춰 서서 나를 바라보았다.
"깨어났구나."
"나랑 얘기 좀 해."
나는 후문을 지나 조용한 곳이 나올 때까지 고유한을 이끌고 갔다. 머릿속이 복잡했다. 뭐부터 물어봐야 할지 알 수가 없었다. 나는 입을 열었다.
"넌 알고 있었지? 약의 부작용이 뭔지."
"응."
"식물인간이 되는 것 말고도……, 꿈속에서 시간이 흐르지 않는 것도 전부?"

"그래."

"언니랑 회장은 이 사실을 알아?"

고유한이 눈을 내리깔았다. 그러자 긴 속눈썹이 그 애 뺨에 그림자를 드리웠다.

"아니. 적어도 나에게 실험하기 전까지는 몰랐어."

"너도 같은 날이 계속 반복돼?"

"좀 애매해."

고유한이 말했다.

"시간이 흐를 때도 있고 아닐 때도 있어. 이 세계에 있다가 저 세계로 넘어가기도 하고. 내 의지로 되는 일이 아니야."

그 말을 듣자 고유한이 행정상에만 존재하는 아이로 보였던 이유를 알 수 있었다. 나는 숨을 한 번 들이마셨다.

"그럼 나도…… 결국엔 너처럼 될까?"

"너랑 난 달라. 나는 실험을 여러 번 거쳤고, 너는 그들 말대로라면 임상 시험이 끝난 약을 섭취한 거니까. 아마 지금과 달라질 일은 없을 거야."

고유한이 말했다. 처음으로 그 애가 안됐다는 생각이 들었다. 고유한은 자신의 삶을 되돌릴 수조차 없을 것 같았다. 나는 한동안 침묵했다.

"깨어난 후에 다시 약을 먹으려고 했어."

고유한의 눈동자가 나를 향했다. 그 눈동자에서 어떤 빛을 보게 될지 두려워 나는 고개를 돌렸다.

"그런데…… 이번에 잠들면 못 깨어날 것 같은 생각이 들어."
"그렇겠지."
"그렇게 되면……."
나는 핸드폰을 꺼내 날짜를 확인하려고 했지만 전원이 꺼져 있었다.
"11월 어떤 날에 내 시간은 영원히 멈추게 되겠지?"
나는 고유한과 눈이 마주쳤다. 고유한은 천천히 고개를 끄덕였다. 나는 분수대 앞 난간에 주저앉아 무릎에 얼굴을 파묻었다.
"그렇게 살 수는 없어……. 그렇지만 이곳에서 살아갈 자신도 없어. 그 세계는 사라질 거야. 별이랑 라희 그리고 은휘성도……."
"그들은 사라지지 않아."
고유한이 말했다. 나도 알고 있었다. 사라지는 건 그 애들이 아니라 그 세계의 나라는 걸. 눈물이 볼을 타고 흘러내렸다. 내가 눈물을 닦을 동안 고유한은 아무 말 없이 기다렸다. 나는 목을 가다듬고 말했다.
"기계를 파괴하라고 했잖아……. 언니 방에서 그 기계와 똑같이 생긴 기계를 봤어."
"아마 같은 역할을 수행하는 기계일 거야."
"그걸 몇십 미터 위에서 떨어트렸는데 멀쩡했어."
"너는 그 기계를 파괴할 수 없으니까."
"그럼 누가 파괴할 수 있는데?"
"황규리."

그 말을 듣는 순간 심장이 불안하게 뛰었다. 황규리. 언제나 나와 정반대에 있는 아이. 그 애는 지금 무슨 생각을 하고 있을까.

"왜? 왜 규리만 파괴할 수 있는 거야?"

"규리뿐 아니라 꿈에서 넘어온 사람은 다 파괴할 수 있어. 꿈속에서는 상상만 하면 뭐든지 될 수 있는 거 알지? 그거랑 비슷하다고 생각하면 돼. 기계를 작동시키는 원료는 누군가의 욕망이야. 그 욕망을 제공한 사람이 아니면 기계를 감싼 막을 뚫을 수 없어."

규리는 현실과는 백팔십도 다른 자신을 꿈꿨을 것이다. 나도 그랬고. 나는 천천히 입을 열었다.

"규리가 그 기계를 파괴하면…… 나도 현실로 돌아오는 거야?"

"아니. 규리만 돌아가. 규리와 동시에 저쪽 세계 사람들만."

"그럼 은휘성 형도 깨어나겠네?"

"그래."

고유한이 답했다. 나는 망설였다. 현실로 돌아오는 건 달갑지 않았지만 은휘성 형이 깨어나는 건 보고 싶었다. 그러나 내가 선택할 문제가 아니었다. 규리가 선택할 문제였다.

"궁금한 게 있어."

나는 침을 한 번 삼켰다.

"언니는 왜……."

고유한의 시선이 내게 벗어나서 내 뒤로 향했다. 나는 고개를 돌렸다. 병원 보안 요원 두 명이 걸어오고 그 뒤에 엄마가 있었다.

"유주야, 가자."

엄마가 말했다. 그 목소리에는 자신을 걱정시킨 것에 대한 분노와 내가 약을 먹기 전에 찾았다는 안도감이 섞여 있었다. 나는 엄마에게 이끌려 검은색 자동차에 탔다. 고유한은 그 자리에 서서 떠나가는 나를 지켜보았다.

(30)

"유주야, 친구가 병문안을 왔다네."
병실 문 앞에 선 엄마가 말했다.
"친구? 누구?"
"규리라는데."
그 이름을 듣는 순간 숨이 턱 막혔다. 규리는 내가 보고 싶어서 온 게 아니라 반장으로서 온 것이다. 나는 엄마의 기대하는 눈빛을 마주하기 싫었지만 얼른 해치울 요량으로 말했다.
"들어오라 해."
엄마가 병실 문을 열고 나갔다. 조금 후에 규리가 들어왔다. 규리는 학교에서 나눠 준 듯한 쿠키 꾸러미를 탁 소리가 나게 내려놓고 나를 노려보았다. 그러나 나는 움츠리지 않고 규리를 마주 보며 말했다.
"익숙하지? 전에는 반대 상황이었잖아."

"난…… 선생님이 가라고 해서 온 거야."

규리가 말을 내뱉었다. 나는 대꾸했다.

"알아."

"네…… 네가 뭘 할 수 있는데? 여기서는 아무것도 못하는 기피 대상일 뿐이잖아."

"나를 왜 싫어했어?"

규리는 입을 다물었다. 규리를 처음 마주한 순간부터 그 애가 나를 어떤 식으로 대했는지가 머릿속에서 어지럽게 떠다녔다.

"처음에는 그냥 기분이 상했고."

규리가 말했다. 처음이라면 언제일까. 분리수거장에서 남자아이와 같이 있는 것을 목격했을 때?

"그다음에는 나 같아서 보기가 싫었어."

규리는 고개를 쳐들고 말을 이었다.

"그렇지만 미안하지는 않아. 너도 나한테 똑같이 대했잖아."

나는 하려던 말을 삼켰다. 어쩌면 규리도 나에게 비슷한 감정을 느꼈을 수 있겠다는 생각이 들었다. 결국 우린 거울처럼 닮았으니까. 나는 천천히 입을 뗐다.

"네가 알아야 할 사실이 있어."

"그 애랑 똑같은 말을 하는구나."

규리가 대꾸했다. 나는 눈썹을 찡그리며 물었다.

"그 애? 고유한 말하는 거야?"

"응, 그 키 작은 남자애."

규리에게도 고유한이 왔었다는 사실을 알자 왠지 서운한 마음이 들었다. 그렇지만 중요한 건 그게 아니었다. 규리가 어디까지 알고 있는지 확인해야 했다.

"그럼 너는 뭘 알아?"

"계속 약을 먹으면 의식 불명이 되고…… 무슨 기계를 파괴하면 세계 간의 연결이 끊긴다고 하던데."

"넌 아직 식물인간이 되지는 않았나 보네."

"된다고 해도 상관없어. 넌 내 삶이 어땠는지 상상도 못 해."

"어땠는데?"

나는 물었다. 규리가 대답할 거라고는 기대하지 않았다. 암거래 사이트를 보면 기구한 인생을 살아가는 애들이 수백 명이었다. 제각각 다른 이유로 현실을 벗어나고 싶어 했다. 규리가 숨을 한번 크게 들이마셨다가 내쉬었다.

"엄마랑 아빠가 이혼했어. 날 원하는 사람은 아무도 없었고. 아빠랑 오래전에 연을 끊은 할머니가 날 맡았는데 할머니도 날 안 좋아해. 나 때문에 일을 더 하게 됐거든. 밥 먹을 때마다 눈치를 봐야 해서 숨이 막혀. 그 사이트에서 누가 그러더라. 엄마 아빠가 죽은 것보단 낫지 않냐고. 근데 난……."

규리가 말을 멈췄다.

"차라리 그 사람들이 죽었으면 좋겠어."

그 말을 하는 규리 눈에 눈물이 가득 고였다. 규리의 진심은 그게 아니었다. 그러나 그런 말을 하기까지 몇 번이나 무너졌을지는 자신만 알 일이다. 나는 아무 말도 하지 않았다. 규리가 입술을 떨더니 울기 시작했다.

"난…… 처음 여기 왔을 때…… 어렸을 때처럼 다정한 엄마 아빠가 있어서…… 정말 놀랐어. 생각해 보면 어렸을 때도 이렇게까지 다정하진 않았는데…… 그때부터 내가 버림받을 걸 알아야 했는지도 몰라. 그랬다면…… 내가 뭔가 바꿀 수 있었을지도 몰라."

"말도 안 되는 소리 하지 마. 네가 어떻게 바꿔?"

내가 말했다. 규리는 코를 훌쩍였다.

"어쨌든…… 난 못 돌아가. 너랑은 다르다고. 넌 엄마도 있고 아빠도 있잖아."

"돌아가고 말고는 네 선택이야."

나는 말했다.

"그렇지만 네가 알아야 할 사실이 있어. 꿈속 시간이 현실을 따라잡고 나면 그다음부터는 같은 날이 반복돼. 아무도 네 말을 기억하지 못하고 내일은 오지 않을 거야."

"상관없어."

규리가 입을 앙다물고 말했다. 예상한 대답이었다. 나였어도 그렇게 말했을 테니까. 나는 개의치 않고 말을 이었다.

"그때가 돼서 기계를 파괴하고 싶으면 우리 집으로 가. 학교에서 제일 가까운 아파트 알지? 110동 1004호야. 비밀번호는 0210이고. 낮 시간대엔 아무도 없을 거야."

"넌? 넌 어떻게 할 건데?"

"몰라. 결정 못 했어. 어차피 약도 없고."

규리는 입술을 깨물더니 병실에서 나갔다. 조금 후에 엄마가 들어왔다.

"괜찮니? 친구 표정이 안 좋던데……."

"쟤 내 친구 아냐."

나는 침대에 풀썩 누웠다. 왠지 모르게 홀가분했다.

'어차피 나는 현실에서 깨어났는데 다시 돌아가 기계를 파괴해야 할 이유가 있을까.'

언젠가, 언젠가는 영원히 시간이 멈추더라도 꿈속으로 돌아가고 싶을 수도 있다. 나는 잔존하기로 했다. 퇴원할 때까지는 학교에 가지 않아도 되고, 가끔씩 생각나는 꿈속 삶만 빼면 병원 생활도 견딜 만했다.

(31)

"유주야, 퇴원 축하해."

"감사합니다."

나는 간호사의 인사에 건성으로 답했다. 엄마는 핸드폰에 코를 박고 있는 나에게 말했다.

"다 챙겼지? 아빠가 주차장에서 기다리고 있대."

"응."

나는 사이트에 올라온 게시물을 훑어보았다. 글도 드물게 올라왔지만 이제 알약 가격은 한 알에 사십만 원을 웃돌았다. 나는 현실에 잔존하는 이용자들과 함께 float210의 귀환을 진심으로 바랐다. float210이 돌아와 약을 납품하면 모든 게 정상으로 돌아갈 것만 같았다. 그때였다.

"저기, 학생!"

눈이 퉁퉁 부은 아주머니가 내 옷자락을 붙잡고 늘어졌다. 나는 기겁해 옷자락을 끌어당겼다.

"왜 이러세요?"

"이 병원에서 유일하게 깨어났다면서? 어떻게 깨어났는지 좀 알려 줘, 응?"

아주머니가 말하자 순간 복도에 있던 모든 사람이 날 돌아보았다. 대부분 보호자 같았다. 그들은 몸을 일으켜 나에게 다가왔다.

"유일하게 깨어난 애가 쟤라고?"

"트윈 현상 맞지? 중학생 같은데."

"우리 아들도 누워 있어. 어떻게 한 건지 알려 줘요."

나는 겁에 질려 뒷걸음질 쳤다. 사람들은 이미 반쯤 정신이 나가 있었다. 내가 대답하기 전에는 보내 주지 않을 것 같았다. 그 순간 병실 안에 있던 엄마가 달려 나왔다.

"손 치워요!"

엄마는 제일 앞에 선 아주머니에게 매섭게 쏘아붙였다. 아주머니가 말했다.

"간절해서 그래요, 간절해서! 우리 아이는 뉴스에 나온 애들처럼 낙오자가 아니었어요. 시험만 치면 1등급에, 명문대 합격은 따 놓은 당상이었다고요."

엄마가 뭐라 대답하려 했다. 나는 이를 악물었다. 낙오자? 나는 나지막한 목소리로 말했다.

"저한테 이럴 시간에 그게 누구 때문일지 생각해 보세요."

"뭐? 이런 버릇없는 애를 봤나."

아주머니가 고래고래 소리를 지르며 욕을 퍼부었다. 엄마는 내 손을 잡고 주차장까지 달렸다. 차 문을 열기 전에 엄마가 숨을 몰아쉬며 말했다.

"그런 말을 할 용기는 어디서 났어?"

"갑자기 생각나서."

나는 거짓말을 하고는 뒷좌석에 앉았다. 운전석에 앉은 아빠가 날 돌아보았다.

"유주야, 몸은 어때?"

"괜찮아."

내가 답하자 아빠가 멈칫했다. 반말을 지적하려는 걸까? 그렇지만 아빠는 아무 말 없이 시동을 켰다. 기분 탓인지 엄마 아빠 얼굴은 조금도 홀가분해 보이지 않았다. 나는 창밖을 바라보았다. 아무 말도 안 한 지 너무 오래된 우리는 더 이상 서로에게 말을 걸지 않았다.

(32)

float210은 돌아오지 않았다. 언니도 돌아오지 않았다. 나는 텅 빈 언니 방을 바라볼 때마다 온갖 상상을 하곤 했다. 언니는 고시원에 갔을지도 모른다. 은둔형 외톨이 생활을 청산해 보겠다며 떠났을 수도 있다. 아니면 외국으로 여행을 떠났을지도 모른다. 그것도 아니면…….

'어쩌면 언니는…….'

나는 눈을 감았다. 상상하고 싶지 않았다. 그러나 상상하려 하지 않을수록 언니가 눈앞에 아른거렸다. 기억나는 모든 순간 내 옆에서 함께했던 언니. 은둔형 외톨이로 방에 고립되기 전 꿈을 가지고 나아가던 언니. 언제나 다정하게 나를 이끌어 주던 나의 기반 그 자체.

언니, 엄마만 언니를 보고 싶어 한 게 아니야. 나도, 나도 언니가 보고 싶었어. 언니가 다시 방 밖으로 나오길, 같이 웃으며 이야기할 날이 오길 간절히 기다렸어. 아니, 지금도 기다리고 있어. 방에만 있어도 좋으니까 제발 어딘가에 존재해 줘. 그래서 내가 언니를 찾아낼 수 있게. 언니가 나를 완전히 떠났다는 생각은 그만둘 수 있게.

"엄마."

두 팔에 얼굴을 묻은 엄마에게 물었다.

"언니 어디 있어?"

"유주야……."

"언니 어디 있냐고."

"네가 완전히 회복되지 않은 상태라 말을 못 했어."

엄마가 눈물을 삼키며 말했다.

"언니 지금 병원에 있어. 혼수상태야."

"어?"

귀에서 이명이 울렸다. 혼수상태라고? 그제야 언니가 약을 납품하지 못한 이유를 깨달았다. 언니는 이곳에 없었다. 언니가 있는 곳은 꿈속이었다. 엄마가 말했다.

"원인 불명으로 의식을 잃은 아이들이 수백 명이라더라……. 너라도 깨어나서 다행이야."

정말 다행인지 난 묻고 싶었다. 그렇지만 아무 말 없이 돌아섰다. 언니에게 가야 했다. 나는 엄마가 부르는 소리를 무시하고 엘리베이터 버튼을 눌렀다. 띠리릭, 하는 소리와 함께 현관문이 열렸다. 엄마가 차 키를 들고 서 있었다.

우리는 병원에 도착했다. 며칠 전까지 입원했던 병원이라 조금도 낯설지 않았다. 나는 양옆으로 병실이 가득한 복도를 걸었다. 그전에는 듣지 못했던 소리가 들려왔다. 울음소리, 싸우는 소리, 돌아와 달라고 애원하는 소리…….

엄마가 병실 문을 열었다. 나는 그곳으로 들어갔다. 온갖 기구를 매단 채 핏기 없는 얼굴로 누운 언니가 보였다. 언니를 이렇게 가까이서 본 건 거의 이 년 만이었다.

"언니."

나는 떨리는 목소리로 언니를 불렀다. 인공호흡기를 단 언니는 아무런 반응이 없었다. 저거 엄청 불편하던데. 누군가의 숨소리가 들렸다. 울기 직전 거친 숨소리가. 몇 초 후에 그것이 내 숨소리라는 것을 깨달았다. 나는 병실 밖으로 뛰쳐나갔다. 환자들, 환자들, 의식을 잃은 환자들. 온 기력을 다해 뛰었는데도 복도는 끝나지 않았고 그들은 내 시야에서 사라지지 않았다. 숨이 막혔다.

나는 눈을 감았다. 이전에 들었던 말들이 제각각 다른 목소리로 이곳저곳에서 들려왔다. 어지럽게 섞이던 말들 가운데 또렷한 목소리 하나가 들려왔다.

"이 기계를 파괴해야 해."

'언니. 내 삶을 포기할게. 그리고 언니를 구해 낼게.'

나는 핸드폰을 들어 암거래 사이트에 접속했다. 그리고 한 번도 누르지 않았던 글쓰기 버튼을 눌렀다. 빈 화면이 뜨며 파란색 커서가 깜빡거렸다. 나는 키패드를 눌렀다.

안녕하세요. 저는 올해 3월부터 트윈을 먹었던 중학생입니다. 대다수가 잠에 빠졌겠지만 누군가 한 명은 저를 도와줄 수 있을 거라고 생각해서 글을 씁니다. 약에는 심각한 부작용이 있습니다. 뉴스에서 말하는 식물인간보다 더 큰 부작용이요. 그건, 꿈이 현실의 시간을 따라잡으면 그다음부터는 같은 날이 반복된다는 것입니다. 저는 얼마 전까지 10월 14일 화요일에 갇혀 있다가 물리적인 충격으로 깨어났습니다. 경험해 보지 않은 사람은 알 수 없습니다. 미술 시간에 그린 그림을 완성할 수 없고, 급식 메뉴는 언제나 똑같고, 친구들은 전에 나눴던 대화를 기억하지 못합니다. 그리고 저는 영원히 중학생입니다.

여기까지 썼는데 눈물이 떨어져 화면에 홀로그램 빛 자국을 남겼다. 나는 글을 이어 썼다.

잔존해서 이 글을 보시는 분들은 아마 이 경험을 하지 못했을 거라고 생각합니다. 믿지 않을 수도 있고 상관없다고 생각할 수도 있겠죠. 저도 그랬으니까요. 그러나 저는 이 모든 걸 끝낼 방법을 알고 있습니다. 지금 의식을 잃은 사람들까지 모두 현실로 돌아올 수 있습니다. 그러기 위해서는 약이 필요합니다. 아직 약을 가지고 있는 분이 있다면 연락 부탁드립니다. 간절합니다…….

나는 업로드 버튼을 눌렀다. 글은 업로드되지 않고 제목을 쓰라는 문구가 나왔다. 나는 제목을 썼다.

약에는 더 심각한 부작용이 있습니다.

'아니야.'
나는 제목을 다시 썼다.

제발 한 분만 저를 도와주세요.

글을 올리고 얼마 지나지 않아 댓글이 달렸다.

구걸을 신기하게 하네.

나는 입술을 깨물었다. 구걸 아니라고, 진짜라고 답글을 달고 싶었지만 그러기도 전에 다른 댓글이 주르륵 달렸다.

딱 봐도 거짓말 같음 ㅋㅋㅋ
ㄴ 근데 거짓말 아니면 어떡함?

진짜라고 해도 전 상관없는데요? 현실에서 사느니 꿈속에서 영원히 같은 날을 반복하고 싶어요.

글 내리는 게 좋을 것 같습니다.

중학생이 뭘 안다고 나대지? 네가 모든 걸 끝낼 자격이 있어? 힘들면 얼마나 힘들다고.

핸드폰을 든 손이 가늘게 떨렸다. 맞아, 내가 힘들면 얼마나 힘들다고······. 은둔형 외톨이인 언니도 있고 규리도 있고 그보다 더한 애들도 많은데······. 나는 눈물이 날 것 같아 눈을 깜빡였다. 그 댓글에 새로운 답글이 달려 있었다.

ㄴ 너야말로 이 글을 쓴 애에 관해서 뭘 알아? 그 누구도 다른 사람의 고통을 평가할 자격은 없어.

그 순간 띵 소리와 함께 채팅이 왔다.

제가 도와드릴게요.

나는 답장을 보냈다.

네? 정말요?

네. 저도 무슨 말인지 알아요. 그리고…….

한동안 채팅창에 '입력 중'이 떴다.

제 동생도 혼수상태거든요.

익명의 사용자는 내게 주소를 보내 달라고 했다. 그리고 주소를 보냈더니 자신이 지금 인근 병원에 있다며 직거래도 가능할 것 같다고 했다. 나는 메시지를 보냈다.

저도 지금 병원이에요.

병실 문이 열리고 검은 모자를 눌러쓴 여자아이가 등장했다. 그 애는 나와 눈이 마주치곤 깜짝 놀랐다. 아는 얼굴이었다.
"저랑 거래한 적 있었죠? 지하철역에서요."
"네……. 혹시 부작용 글 쓴 분이세요?"
여자아이가 품속에서 약병을 꺼내며 말했다. 나는 고개를 끄덕였다. 여자아이는 내게 약병을 내밀었다. 유리병 안에는 알약 딱 한 개가 들어 있었다.
"유일하게 압수당하지 않은 거예요. 갖고 있으면 뭔가 방법이 있지 않을까 생각했어요. 받으세요."

"감사합니다."

나는 고개를 숙여 인사하고 뒤돌아 걸으면서 알약을 손에 올렸다. 초록색 동그란 몸체 위에 TWIN이라는 글자가 새겨져 있다. 이제 이 알약을 보는 것도 마지막이다. 그때 누군가 병실 문을 열었다.

"그거……."

이제환 의사였다. 그는 내 손 위 초록색 알약을 바라보았다. 이 약마저 뺏기면 안 된다는 생각에 나는 바로 알약을 입에 넣었다.

"안 돼! 뱉어!"

의사가 달려오며 소리쳤다. 나는 의사를 바라보며 알약을 삼켰다. 물 없이도 삼킬 수 있었다. 의사는 내 얼굴을 잡고 입을 벌리려고 애썼다. 나는 감각이 거의 사라질 때까지 입을 다물고 저항했다. "유주야!" 하고 엄마 목소리가 들린 순간 눈앞이 어둠으로 휩싸였다.

33

"허억."

나는 숨을 들이키며 눈을 떴다. 차가운 공기가 코끝에 와 닿았다. 나는 침대에서 일어나 거울을 보았다. 나였다. 꿈속의 나. 온몸에 멍이 들었지만 아프지는 않았다. 나는 핸드폰에 연결된 충전기를 뽑았다. 화면이 켜지며 날짜가 보였다. 10월 15일 수요일.

'됐어!'

내 예상대로 시간이 다시 흐르고 있었다. 멍이 든 건 책상에서 뛰어내려서 그런 것 같았다. 거실로 나가자 엄마가 보였다. 사는 게 사는 게 아니라며 어깨가 말린 엄마가 아니라, 어깨를 꼿꼿이 세우고 입가에는 웃음이 감도는 엄마였다.

"웬일로 일찍 일어났대?"

나는 곧장 달려가 엄마를 끌어안았다.

'엄마, 안녕.'

"어머, 얘가 왜 이래."

엄마가 날 힘껏 마주 안았다. 꿈일 뿐인데 감각이 생생하게 느껴지니 이상했다. 엄마가 팔을 풀고는 놀란 목소리로 물었다.

"온몸이 멍투성이네. 어쩌다가 이랬어?"

"어제……."

나한테 '어제'는 수십 일 전이라는 사실을 알까.

"넘어졌어. 침대 위에서 뛰다가."

"아유, 조심 좀 하지."

엄마가 눈썹을 찌푸리며 말했다. 그 표정마저 너무나 진짜 같아서 나는 굳어 버렸다. 어쩌면, 어쩌면…… 시간이 멈추기 전까지는 이곳에 있어도 괜찮지 않을까. 마지막으로 그 정도는…….

학교에 가도 일상이 깨진 느낌은 들지 않았다. 별이는 언제나처럼 생글거리며 인사했고, 라희는 종치기 일 분 전에 들어왔다. 그리고 1교시는 미술이 아닌 수학이었다. 이날을 얼마나 바랐던가. 결국 나는 수업이 끝날 때까지 아무것도 하지 못했다. 기계를 파괴해야 한다는 생각은 들었지만 어디서부터 시작해야 할지 알 수 없었다. 이곳에서 벗어나고 싶지 않았다. 이대로 멈춰 서고 싶었다. 책가방을 메는데 뒤에서 부드러운 목소리가 들려왔다.

"나랑 만나기로 한 거 잊었어?"

'은휘성.'

잊고 있었다. 은휘성은 내게 무슨 말을 할까. 기계를 파괴하기 전에 그 말은 들어도 되지 않을까……. 은휘성의 얼굴에 은휘태가 겹쳐 보였다. 푸른 물속에 잠긴 남자. 동시에 언니 얼굴이 떠올랐다.

'아니.'

가야 했다. 지금 당장. 나는 은휘성의 양손을 잡았다.

"나도 할 얘기가 있어."

우리는 학교를 나가 공원으로 갔다. 어디서부터 이야기해야 할지 알 수 없었다. 고민하던 나는 퓨처바이오가 초록색 알약을 이용해 사람들을 잠들게 한다는 사실을 말했다. 퓨처바이오에 잠입해 기계를 파괴해야 한다는 사실도. 그렇게 하면 내가 사라진다는 것만 빼고.

"기계를 부수면 우리 형 같은 사람들을 구할 수 있다고?"

은휘성이 물었다.

"응."

나는 고개를 끄덕였다.

"그렇지만 네 형은 깨어날지 안 깨어날지 몰라. 그건 다른 문제라서……."

"완벽하게 이해는 안 되지만 무슨 말인지 알겠어."

은휘성이 말했다. 은휘성은 내 말을 경청했는데, 형에게 있었던 일 때문인지 내 이야기도 신뢰하는 것 같았다. 은휘성은 퓨처바이오…… 퓨처바이오…… 하면서 몇 번 중얼거리더니 손가락으로 딱 소리를 냈다.

"그 높은 유리 건물 말하는 거지? 형이 몇 번 오간 적이 있어.

아마 출입 카드도 있을 거야. 집에 가서 가져올게."

"고마워."

나는 애써 웃어 보였다. 말하지 못한 사실이 하나 있었다. 언니가 트윈을 제조한 연구원이자, 아마도 은휘태를 의식 불명에 빠트린 그 여자일 거라는 사실이었다.

'그렇지만 그 사실을 알면 은휘성은 나를 도와주지 않을 거야.'

나는 은휘성에게 손을 흔들었다. 그리고 벤치에 쓸쓸하게 앉았다. 어떻게 잠입해야 할까? 나는 가방에서 수학 문제를 풀던 연습장을 꺼내서 빌딩 구조를 그렸다. 우선 긴 직사각형을 그리고, 맨 아래에 칸을 나눠 지하 1층과 지하 2층을 써넣었다. 지하 1층은 은휘태를 비롯한 표본들이 있는 공간이고, 지하 2층은 내가 갇혔던 감옥이다.

"지하는 복잡해서 안 가는 게 낫겠어."

나는 혼잣말하듯 말했다. 고유한은 지하 구조를 잘 아는 것 같았지만 그 애가 나타날지는 미지수니까. 그리고 은휘성이 형의 모습을 마주하게 하고 싶지 않았다. 나는 회전문과 로비를 그렸다. 로비 뒤에 있는 엘리베이터는 출입 카드를 지닌 사람만 탈 수 있다. 보안 요원들이 로비를 통과하는 모든 사람을 알지는 못할 것이다. 하지만 출입 카드와 얼굴을 대조할지도 모른다.

그때 저 멀리서 은휘성이 뛰어왔다.

"찾았어, 출입 카드."

은휘성 손에 출입 카드가 들려 있었다. 은휘태 얼굴이 새겨진 카드는 붉은 햇빛을 여러 각도로 반사했다. 은휘태는 은휘성과 아주 닮았다. 아마도 더 앳된 시절이었을 출입 카드 속 은휘태는 은휘성과 구분이 되지 않을 정도였다.

"내가 갈게."

은휘성은 내가 그린 그림을 보고 말했다.

"일단 들어가면 내부에서 도와줄 수 있을 거야."

"비상계단!"

나는 외쳤다. 그리고 그림 한쪽에 1층부터 41층까지 연결된 계단을 그렸다.

"저번에 이 계단으로 나온 적이 있어. 안쪽에서는 문이 열렸거든. 은휘성 네가 엘리베이터를 타고 들어가서 1층 계단 문을 열어 줘."

"알겠어."

"가자."

나는 말했다.

우리는 버스를 타고 퓨처바이오 빌딩 앞으로 갔다. 날은 어두워졌지만 유리 빌딩으로 새어 나오는 빛 때문에 눈부실 정도로 밝았다. 나는 은휘성이 빌딩 내부로 들어가는 것을 확인하고 보안 요원 눈을 피해 비상계단 문 앞으로 이동했다.

은휘성에게서 엘리베이터를 탔다는 문자가 왔다. 그때 모퉁이로 걸어 나오는 보안 요원이 보였다. 나는 보안 요원이 반대편 모퉁이까지 가기를 기다렸다가 은휘성에게 '지금'이라는 문자를 보냈다. 얼마 지나지 않아 비상계단 문이 열렸다. 나는 문고리를 잡고 선 은휘성을 볼 수 있었다. 소리 없이 뛰어 들어가자 은휘성이 문을 닫았다.

"성공이야."

나는 은휘성을 끌어안았다가 뒤로 한 걸음 물러섰다. 그러자 어둠 속에서 빛나는 은휘성의 눈과 마주쳤고 심장이 찢어지는 것처럼 아파 왔다.

"은휘성. 너한테 말하지 못한 게 있어."

나는 말했다. 그러자 은휘성이 대답했다.

"나도. 우리 하나씩 말하기 할까?"

"응. 나부터 할게."

나는 입술을 깨물었다.

"네 형을 그렇게 만든 사람이 아마 우리 언니일 거야. 언니는 그 약을 제조한 연구원이거든. 지금은 의식 불명이지만."

나는 은휘성을 바라보기가 두려워 고개를 돌리고 말을 이었다.

"네 형은 이 건물 지하 1층에 있어. 미안해. 그전에 말했어야 했는데. 나한테 출입 카드를 주지 않겠다고 해도 이해해. 나는……."

"괜찮아."

은휘성이 따듯한 목소리로 말했다.

"결국 네가 모든 걸 바로잡을 걸 아니까."

은휘성이 나에게 출입 카드를 건넸다. 나는 카드를 받아 들었다. 카드 위로 눈물이 떨어졌다. 은휘성이 말했다.

"내가 말하려던 건 안 궁금해?"

"궁금해."

나는 울음을 삼키며 대답했다. 은휘성이 말했다.

"나 너 좋아해. 처음 봤을 때부터 좋아했어."

그 말을 들은 순간 불안과 긴장, 초조함을 비롯해 내가 묘사할 수 없는 수백 가지 감정으로 세차게 뛰던 심장이 불현듯 멈춘 듯한 기분이 들었다. 다시는 은휘성을 볼 수 없다는 사실을 알아서일까. 아니면……

"나도."

나는 속삭이듯이 말했다. 은휘성이 내 말을 들으려고 몸을 숙였다. 나는 말을 이었다.

"그렇지만 나는 네가 생각하는 나랑 완전히 다른 사람이야."

나는 밖으로 통하는 문을 열고 은휘성을 떠밀었다. 그 애는 몇 걸음을 옮기더니 나에게 고개를 돌렸다.

"같이 가자."

"안 돼. 그러면 더 위험해져."

"다시…… 볼 수 있는 거지?"

은휘성이 물었다. 나는 아무 말 없이 문을 닫았다. 띠리릭 하며 문 잠기는 소리가 났다. 가야 했다. 시간이 없었다. 나는 계단을 오르다가 넘어졌고 그제야 눈에 눈물이 차올라 아무것도 보이지 않는다는 것을 깨달았다.

4층, 11층, 17층, 24층…… 30층. 다리가 아프고 숨이 찼다. 좁은 비상계단은 모든 구간이 똑같이 생겨서 층수 판만 떼면 얼마나 올라왔는지도 모를 것 같았다. 그렇지만 끝이 보였다. 41층. 잠긴 문 옆에 인식기가 보였다. 기계를 파괴하려면 이 문으로 들어가야 한다. 나는 인식기 위에 출입 카드를 가져다 댔다. 그러자 삐— 삐— 하는 경고음과 함께 건물 전체에 빨간빛이 깜빡였다.

'은휘태 카드로는 문이 열리지 않아!'

낭패였다. 실험체였던 고유한의 출입 카드를 떠올리고 당연히 되겠지 생각한 것이 패착이었다. 카드를 몇 번 더 대 보았지만 문은 열리지 않았다. 나는 머리카락을 쥐어뜯으면서 제자리에서 빙빙 돌았다.

'어떻게? 어떻게 해야 하지?'

곧 보안 요원들이 올 터였다. 은휘태 카드로 문이 열리지 않으면 어떻게 문을 열지? 머릿속에 고독 회장이 떠올랐다.

'회장실에 회장의 출입 카드가 있을지도 몰라.'

나는 계단을 내려가 40층으로 연결되는 문을 열었다. 문은 쉽게 열렸다. 저번에 봤던 넓은 홀이 나타났다. 카운터에 비서는 없었지만 나는 이 순간 제일 마주하기 싫은 두 사람을 맞닥뜨렸다. 언니와 회장이었다.

34

 그들은 경고음을 듣고 나온 것 같았다. 총기가 흐르던 언니의 두 눈은 나에게 붙박인 듯 고정되어 떨어질 줄을 몰랐다. 가장 먼저 정신을 차린 건 회장이었다. 검은색 정장을 입은 회장은 빠르지는 않았지만 결코 느리지도 않은 걸음걸이로 나를 향해 다가왔다. 그는 존재만으로 위압적이었다. 나는 굳은 채로 그를 바라보았다. 도망치고 싶어도 몸이 움직이지 않았다. 회장이 손을 뻗었다. 그때였다.

 "아버지!"

 뒤쪽에서 익숙한 목소리가 들렸다. 누군가 비상계단으로 이곳에 들어온 것 같았다. 나는 차마 고개를 돌리지 못하고 눈동자만 움직여 목소리 주인이 누군지를 보았다. 고유한이었다. 무표정하던 회장의 얼굴에 동요가 일어났다. 아버지? 아버지라고? 나는 그제야 고독 회장이 익숙하게 느껴졌던 이유를 알 수 있었다. 그의 얼굴은 고유한과 꼭 닮았던 것이다.

"그만하세요."

"유한아."

회장이 고유한을 부르면서 그와는 맞지 않게 뒷걸음질 쳤다. 언니가 외쳤나.

"저 아이가 회장님 아들이에요?"

"그래."

회장은 이제 자신의 아들을 두려움에 찬 눈으로 쳐다보고 있었다. 언니가 말했다.

"그럴 리가……. 어떻게 아들을 실험체로 쓸 수 있어요? 어떤 부작용이 있을지도 모르는데?"

"실험은 불가피했어. 다른 아이들보다 나의 아들에게 시험하는 게 옳은 일이라고 생각했을 뿐이야."

회장이 말했다. 그러나 그의 얼굴은 이해하기 힘든 감정으로 뒤섞였다. 고유한이 말했다.

"기계는 파괴되어야 해요."

"아들아!"

회장은 숨이 막힌 듯이 중얼거렸다.

"제발 그러지 말거라. 너를 위해서, 제발……. 기계를 파괴하면 다들 자신이 속한 곳으로 돌아가지만, 너는 그 어느 곳에도 속하지 못해. 존재 자체가 사라진다고. 부작용을 없앨 방법을 찾고 있어. 그때까지만……."

"부작용을 없앨 수는 없어요. 한계가 있죠. 아시잖아요."

고유한이 말했다. 그리고 그 애는 나에게 자신의 출입 카드를 내밀었다.

"유주야, 할 수 있어."

고유한은 다정한 목소리로 말했다. 나는 카드를 쥐고 고개를 저었다. 별이, 라희, 꿈속 부모님, 원장님, 은휘성……. 그 모든 사람을 포기했는데 고유한마저 포기할 수는 없었다. 그러면 나에게는 아무도 남지 않으니까.

"못 해. 난 못 한다고. 네 존재가 사라진다잖아."

"사라지지 않아."

고유한이 말했다.

"날 기억하는 사람이 단 한 명이라도 있으면 언젠가는 만날 수 있어."

정말? 정말 그럴까? 묻기 전에 40층에 멈춘 엘리베이터가 보였다. 아마 저 안에는 보아 요원들이 타고 있겠지. 고유한도 엘리베이터에 시선이 닿았다.

"뛰어!"

고유한은 그렇게 말하며 벽면에 달린 레버를 당겼다. 철컥 소리가 나며 방화 셔터가 내려왔다. 나는 비상계단 쪽으로 뛰다가 뒤를 돌아보았다. 내려가는 셔터 너머로 고유한이 온 힘을 다해 회장을 끌어안는 장면이 보였다. 아들에게 가로막힌 회장의 절규가 들렸다. 뿌리칠 수 없는 걸까, 뿌리칠 수 있는데도 그러지 않는 걸까. 나는 다시 고유한을 보았다. 그 또렷한 눈동자가 보이지 않게 질끈 감은 눈 아래로 눈물이 흐르고 있었다.

엘리베이터 문이 열리고 보안 요원들이 쏟아져 나왔다. 그러나 그들은 내가 있는 곳까지 도달하기엔 너무 멀었다. 한 명. 단 한 명만이 셔터 아래로 몸을 날려 나를 쫓아왔다. 언니였다. 나는 전속력으로 계단을 올라 41층 인식기에 고유한 카드를 가져다 댔다. 띠리릭 하는 소리와 함께 문이 열렸다. 그러나 문이 다시 잠기기 전에 언니 역시 옥상으로 들어왔다. 나는 끝 쪽에 놓인 서랍장까지 달려가 공구함을 꺼냈다. 안에는 망치를 비롯해 공구 여러 개가 있었다.

"멈춰!"

언니가 소리쳤다. 나는 망치를 꺼낸 채로 멈춰 섰다. 우리 사이에는 위이잉 소리를 내는 기계가 있었다. 정적 때문인지 소리가 크게 들렸다. 언니가 울부짖었다.

"너는 내가 어떤 마음으로 그랬는지 모르잖아."

"알아. 다른 인생을 살고 싶었던 거잖아."

나는 기계를 향해 한 걸음 나아갔다. 언니가 말했다.

"그게 잘못됐어? 사람들이 각자 원하는 삶을 살도록 한 게 잘못됐냐고."

"그건 현실이 아니니까."

"현실인지 꿈인지가 뭐가 중요해? 네가 말하는 현실이 뭔데?"

언니가 말했다. 나는 숨을 한 번 들이마셨다.

"나도 한때 이곳을 현실이라 생각하려고 했어. 그러고 나서 내 시간이 멈췄지. 이곳에 남으면 영원히 중학생으로 살아야 해. 그 너머의 삶은 결코 살 수 없어."

"내 시간은 이미 이 년 전에 멈췄어."

언니가 말했다. 이 년 전이라면 언니가 수능을 반복해서 치다가 방에서 나오지 않기 시작한 때였다. 언니는 울음 섞인 소리로 말했다.

"나도 죽을 만큼 노력했는데 왜? 대체 왜? 왜 나는 없는 사람이 된 거지? 왜 부모님이 창피해할 만한 자식이 된 거지? 영원히 같은 날을 반복해서 산다고? 그딴 건 중요하지 않아. 이곳에서 나는 외부 연구를 몇 건이나 진행한 의대생이야. 학교에서는 촉망받고 부모님은 나를 자랑스러워해. 근데 현실로 가면 뭔지 알아? 없는 사람이야. 아무것도 아니라서 취급조차 할 수 없는 사람. 오 년이라는 시간을 날렸는데 이룬 게 하나도 없는 사람."

"아니야, 언니. 우리는 언니를 기다리고 있어. 언니가 뭔가 이루기를 원하지 않아. 언니가 그 시간을 버틴 것만으로도 충분해."

나는 목이 메어 답했다. 언니 눈에서 눈물이 흘러나왔다.

"넌 자신 있어?"

"난 살기를 결정할 거야."

"그곳엔 널 살게 만드는 게 없을 텐데."

"나를 살게 만드는 건 어느 누구도, 그 무엇도 아니야."

나는 말했다. 눈을 감자 그동안 겪었던 일들이 스쳐 지나갔다.

함께했던 사람들과 그곳을 둘러싼 공기 그리고 거울 속 나까지. 눈을 뜨자 그곳에는 아무도 없었다.

"나를 살게 만드는 건 내일이야."

나는 스패너를 꺼내 언니에게 내밀었다.

"언니, 같이 하자. 같이 할 사람은 언니밖에 없어."

언니는 스패너를 받지 않았다. 기계의 웅웅 소리가 더 커졌다. 그러나 나는 혼자 기계를 파괴할 생각이 추호도 없었다. 언니 눈이 흔들렸다. 언니 눈을 보자 문득 현실의 언니도 같은 눈동자를 가지고 있다는 사실이 떠올랐다.

"언니!"

나는 외쳤다.

언니가 결심한 듯 손을 뻗었다. 그리고 양손으로 스패너를 단단히 쥐었다.

기계는 파괴를 예감한 듯이 격렬한 위이잉 소리를 냈다. 나는 말했다.

"하나."

"둘."

언니가 말했다. 우리는 서로의 눈을 바라보았다.

"셋."

나와 언니는 동시에 기계를 내리쳤다. 금속의 울림이 귀에 날아들었다. 조각난 파편들이 사방으로 튀었고, 기계는 불규칙한 위잉 소리를 냈다. 웡 위잉웡웡 웡 위잉. 나는 다시 망치를 내리쳤다.

그러나 겉면의 파편 외에는 더 접근할 수 없었다.

'기계를 작동시키는 원료는 누군가의 욕망이야. 그 욕망을 제공한 사람이 아니면 기계 전체를 감싼 막을 뚫을 수 없어.'

고유한에게 들었던 말이 떠올랐다. 나는 거울 같은 기계 표면을 보았다. 그곳에 내가 있었다. 그건…… 현실의 나였다.

"이대로는 안 돼."

언니가 말했다. 나는 고개를 들었다.

"한 번만 더 해 보자, 언니."

우리는 기계를 내리쳤다. 그 순간, 나와 언니는 공기를 타고 밀려든 거대한 힘에 휩쓸려 몇 미터 밖으로 나가떨어졌다. 몸을 일으키자 파편 사이로 더 깊숙한 곳에 설치된 내부 기어들이 보였다. 가운데에 있는 커다란 기어는 수많은 기어와 맞물려 시간의 톱니바퀴처럼 돌아가고 있었다. 저 기어를 멈추게 하면 기계가 멈출 것 같았다.

나는 몸을 일으켜 가까이 다가갔다. 망치를 쥔 손에 힘이 들어갔다. 망치를 높이 들고 회전하는 기어 사이로 던져 넣었다. 끼기긱 소리와 함께 기어가 멈췄다. 곧이어 뒤엉킨 기어들이 튕겨 나가며 무언가 끊어지는 소리가 났다.

시야가 흐릿해지며 곧 눈앞이 어둠으로 휩싸였다.

35

"유주야……."

"환자가 아직 의식이 없어서 억지로 토하게 하는 건 어렵습니다……."

소리들이 끊기듯 들렸다. 나는 몸을 일으켰다. 어둠 속 공간이었다. 앞에서 목소리와 함께 빛이 들어왔다. 병원의 소독약 냄새도 함께.

'저긴 현실이야.'

나는 뒤를 돌아보았다. 그쪽에도 길이 있었다. 너무나 아득해서 끝을 알 수 없을 것 같았지만 나아갈 수는 있었다. 나는 손을 뻗었다. 어둠이 내 손을 집어삼켜 보이지 않았다. 어쩌면 언니도, 의식을 잃은 다른 사람들도 보이지 않는 저곳에 있을지도 모른다는 생각이 들었다. 나는 몸을 돌렸다. 그리고 빛을 향해 걸었다. 걸을수록 소리가 가까워졌다.

"선생님, 환자가 의식을 되찾았어요!"

"여기도……."

나는 빛으로 뛰어들었다. 온몸이 부서지듯 아파 왔다.

36

나는 눈을 떴다.

"유주야!"

엄마가 울음 섞인 목소리로 외쳤다. 아빠가 벌떡 일어나 간호사를 불렀다. 나는 병원 침대에 누워 있었다. 몸이 떨렸다. 추위 때문인지, 모든 게 끝났기 때문인지 알 수 없었다. 간호사는 정신이 없어 보였고 이제환 의사는 보이지 않았다.

"트윈 현상으로 의식 불명이던 사람들이 한꺼번에 깨어났대. 이 병원에서만도 수십 명이야."

엄마가 말했다. 나는 침대에 기대 한숨을 내쉬었다. 다시는 인공호흡기 감각을 겪고 싶지 않았다.

"언니는?"

"언니는…… 아마 시간이 더 필요할 거야."

아빠가 말했다. 언니도 그 어둠 속에 있는 걸까. 어디로 향할지

고민하는 걸까. 나는 목을 가다듬고 엄마와 아빠 앞에 섰다.

"나 너무 외로웠어."

나는 말을 이었다.

"엄마는 언제나 언니 방문 앞만 지키고 아빠는 그런 우리를 방관했잖아. 학교에서도 친구를 찾을 수 없었어. 그래서 늘 내일이 오지 않았으면 좋겠다고 생각했어. 그게 얼마나 괴로운 일인지도 모르고."

"미안해, 유주야."

엄마가 말했다.

"다시…… 우리 다시 해 보자. 할 수 있어."

나는 말없이 두 팔을 뻗었다. 엄마가 천천히 나를 끌어안았다. 아빠도 우리를 단단히 끌어안았다. 나는 속으로 말했다. 언니. 꼭 돌아와 줘.

"잠깐 잠든 거니까 퇴원해도 될 것 같아요. 조금이라도 이상이 있으면 바로 병원으로 오시고요."

의사가 말했다. 나는 엄마와 함께 돌아섰다. 아빠는 언니 병실에서 기다리다가 뭐라도 반응이 있으면 연락하기로 했다. 그러고 보니 내일은 월요일이다. 원래대로라면 학교에 가야 하는 날이다. 엄마가 말했다.

"학교 안 가도 돼. 선생님한테 전화했어."

"아니야."

나는 고개를 저었다.

"학교 갈래."

"그럼 몸 안 좋으면 조퇴해. 아니, 그냥 조퇴하고 싶으면 해."

"알았어."

나는 웃었다. 엄마가 날 챙겨 주는 기분은 나쁘지 않았다. 현관문을 열고 들어서자 아주 오랜만에 집에 온 것처럼 느껴졌다. 열린 창문으로 바람이 휘잉 불었다. 그제야 규리 생각이 났다. 규리는 기계를 파괴했을까? 나는 언니 방으로 발걸음을 옮겼다. 산산조각 났을 기계도 두려웠고 멀쩡하게 있을 기계도 두려웠다. 용기를 내어 방문을 열었는데, 그곳에는 기계가 없었다.

나는 소리를 높여 외쳤다.

"엄마, 여기 은색 캡슐같이 생긴 기계 못 봤어?"

"뭐? 못 봤는데."

엄마의 대답이 들렸다. 나는 생각에 잠겨 창문들을 바라보았다.

'규리는 돌아간 걸까? 영원히 시간 속에 갇힌 건 아닐까?'

어느새 다가온 엄마가 창문을 닫으며 말했다.

"아유, 춥다. 겨울은 겨울인가 봐."

(37)

 나는 교실 문을 열었다. 드르륵, 하는 소리에 잠깐 시선이 집중됐지만 아이들은 다시 고개를 돌리고 대화를 이어 갔다. 몇 주 만에 학교에 나왔는데도 내게 인사하는 아이는 없었다. 나는 내 자리에 앉았다. 교실 안을 훑자 변화가 느껴졌다. 규리를 비롯한 소위 잘 나가던 아이들이 없었다. 그래서인지 내 기억보다 훨씬 조용했다. 나는 기억에 의지해 규리 외에 없어진 아이들이 누구인지 찾아보았다. 이다정, 홍유진. 더 있을까? 종이 치고 선생님이 들어왔다.
 "애들아, 안녕."
 임시 담임 선생님이었다. 장주혁 선생님은 어디로 갔을까?
 "출석 부를게. 1번 김영채."
 나는 반사적으로 고개를 들었다. 1번이 원래 김영채였나? 아니었던 거 같은데. 나는 1번이 누구였는지 기억하려고 애썼지만 한

소년의 잔상이 어렴풋하게 떠오를 뿐이었다. 나를 꿰뚫어 보는 것 같은 눈동자 외에 다른 건 기억나지 않았다.

"16번 양유주."

"네."

나는 대답했다. 그런데…… 나는 원래 17번 아니었나? 1번이었던 그 애가 사라지면서 아이들 번호가 하나씩 앞당겨진 걸까.

'그런데 아무도 이의를 제기하지 않는다고?'

"28번 한새벽."

"네."

"결석한 학생은 없네. 곧 시험인 거 알지? 공부 열심히 해라."

선생님이 말했다. 규리는? 31번 황규리는 왜 부르지 않는 거지? 나는 선생님을 따라 나갔다.

"선생님!"

"어, 몸은 좀 괜찮아?"

"괜찮아요. 그…… 그런데 규리는요?"

"규리?"

"31번이요. 출석 안 부르셨잖아요."

나는 다급하게 말했다. 선생님이 반문했다.

"31번? 우리 반은 28번까지밖에 없는데?"

"우리 반이요? 임시 담임 선생님 아니셨어요? 장주혁 선생님은요?"

"장주혁? 그게 누구야?"

나는 할 말을 잃고 선생님을 바라보았다. 선생님이 걱정스럽게 말했다.

"어머니 전화 받았어. 괜찮은 거 맞아?"

"네…… 네. 괜찮아요."

나는 몸을 돌려 반으로 향했다. 하나는 확실했다. 규리는 사라졌다. 사람들은 규리를 기억조차 하지 못한다. 아마 이곳으로 넘어온 사람들도 규리처럼 사라졌겠지.

수업은 언제나처럼 지루했다. 아이들은 내게 관심이 없었고 나도 아이들에게 관심이 없었다. 나는 쉬는 시간에 교과서를 봤다. 놓친 진도를 따라잡을 요량이었지만 규리에 관한 생각으로 집중이 잘되지 않았다. 그러나 이제 내가 혼자라는 생각에선 벗어날 수 있었다. 그것 말고도 생각할 것이 너무나 많았기 때문이다.

종이 울렸다. 아이들이 무리를 지어 교실 밖으로 나갔다. 나는 의자에 앉아 있다가 뒤늦게 지금이 점심시간이라는 사실을 깨달았다. 나는 잠시 망설였다.

'할 수 있을까?'

그러나 곧 자리에서 일어났다.

'못 할 건 또 뭐야.'

급식실로 내려가자 줄지어 선 아이들이 보였다. 우리 반 애들은 이미 배식을 받은 것 같았다. 상관없었다. 애초에 그 애들하고 먹으려 한 게 아니니까. 나는 모르는 아이들 사이에 껴서 식판에 급식을 받았다. 그리고 조리사님이 음식을 퍼 줄 때마다 "감사합니다."라고 말했다. 어렵지 않았다. 꿈속에서는 늘 하던 인사였다. 마지막으로 초코칩 머핀이 보였다.

'저 머핀 때문에 규리를 놓쳤었지.'

나는 머핀을 받으면서 웃었다. 왜 웃음이 나는지 알 수 없었다. 조리사님이 같이 웃으며 말했다.

"맛있게 먹어."

"네. 감사합니다."

나는 인파에 밀려 안쪽으로 들어가며 급식을 먹는 아이들을 보았다. 혼자 먹는 아이가 한두 명 있었다. 나는 자리에 앉았다. 옆에는 아무도 없었다. 누군가는 나를 보고 용기를 얻을지도 모르지. 나는 머핀부터 한입 베어 물며 생각했다. 혼자 먹는 급식은 놀랍게도 맛있었다.

학교가 끝나 교문 밖으로 나오는데 차를 몰고 온 엄마가 보였다. 나는 곧장 뛰어갔다.

"엄마!"

"언니가 깨어났대."

엄마가 말했다. 그 말을 듣자 심장이 쿵쿵 뛰었다.

"가자, 언니한테."

우리는 병원 주차장에서 아빠를 만났다. 아빠는 회사에서 전화를 받자마자 뛰쳐나왔다고 했다. 엘리베이터를 기다릴 시간도 아까워 우리는 계단으로 뛰었다. 그러나 막상 굳게 닫힌 병실 문 앞에 서자 멈출 수밖에 없었다. 그 문은 지난 이 년간 언니가 닫았던 방문처럼 느껴졌다. 엄마도, 아빠도 같은 생각인지 쉽사리 문을 열지 못했다.

그때, 문이 열렸다. 언니였다. 여전히 두 눈에 총기가 흐르는 나의 사랑하는 언니. 엄마가 덜덜 떨리는 손을 뻗었다.

"유영아……."

그건 어떤 절규처럼 들렸다. 나로서는 상상도 할 수 없는 고통이 담겨 있는. 엄마는 언니를 건드리지 못했다. 언니가 그런 엄마를 끌어안았다.

"엄마, 미안해."

엄마는 눈물을 쏟았고 아빠도 눈썹을 일그러뜨리면서 울었다. 나는 엄마와 아빠 품속에 안긴 언니와 눈이 마주쳤다. 순간 두려운 마음이 들었다. 이 모든 걸 나만 기억하는 건 아니겠지. 학교에서 규리는 흔적도 없이 사라졌고 모두들 아무것도 기억하지 못하는데…….

그 순간 언니가 나를 바라보며 미소 지었다.

언니는 모든 걸 기억했다.

에필로그

나는 책상에 턱을 괴고 앉아 색연필로 그림을 마무리했다. 얼굴에 팩을 한 언니가 방으로 들어와 말했다.
"유주야, 학교 늦겠는데?"
"언니는 학교 안 가?"
"나는 화 공강이라서."
"아, 부럽다."
나는 탄성을 내뱉었다. 오늘은 고등학교에 입학하는 첫날이다. 언니는 편도 세 시간 정도 걸리는 지역의 대학교에 입학했다. 의대가 아닌 생명 공학과에 들어갔는데, 한때 전국을 들썩이게 했던 언니의 능력을 아는 나로서는 적성에 맞는 선택이라고 생각할 수밖에 없었다.
언니는 차 키를 흔들었다.
"언니가 데려다줄게."

"엄마가 차 운전해도 된대?"

"그럼. 운전은 하면서 배우는 거야."

언니는 내가 그리던 그림을 보더니 물었다.

"너는 맨날 그 애만 그리더라? 누구야?"

"기억이 안 나."

나는 한숨을 내쉬었다. 벽은 온통 한 소년의 그림으로 뒤덮여 있었다. 섬세한 얼굴에 진한 눈썹과 또렷한 눈동자가 눈에 띄는 소년이었다. 나는 말을 이었다.

"다른 애들은 다 기억나거든. 별이, 라희 그리고…… 은휘성. 그 애들은 그림으로도 그리고 이름도 적어 놔서 기억이 나는데 얘만 기억이 안 나. 언니, 무슨 방법 없을까?"

"원래 꿈이라는 게 깨고 나면 점점 잊는 법이라서."

언니가 난감하다는 듯이 말했다.

"나도 거의 다 잊어버렸어. 다른 애들이라도 기억하는 게 대단하다."

"왠지 모르겠는데, 꼭 기억해야만 할 것 같아."

나는 말했다. 언니가 어깨를 으쓱였다.

"뭐, 예상치 못한 순간에 기억날 수도 있겠지. 기억이란 게 그렇잖아. 이제 가자."

"응."

나는 언니가 운전하는 차를 타고 학교로 갔다. 내리기 전 언니가 물었다.

"두렵진 않아?"

"안 두려워. 떨려."

나는 웃으면서 대답했다. 언니가 파이팅이라며 주먹을 쥐었다. 나는 수많은 아이를 지나쳐 교실을 향해 걸어갔다. 이런저런 생각을 하며 걷는데 복도에 떨어진 하늘색 명찰이 보였다. 뒤집혀서 이름은 볼 수 없었다. 나는 명찰을 바라보았다. 뭔가 잊고 있는 것 같았다. 대체 뭐지? 대체…….

의식하지 못하는 사이 입술이 달싹였다.

"고유한."

작가의 말

『트윈』은 내가 청소년이었을 때 쓰기 시작했다. 한동안 잊고 있다가 어느 날 다시 써야겠다는 생각이 들어 끝마쳤다. 그러고 나서 보니 난 이미 어른이었다.

이 이야기를 처음 쓰던 나와 지금의 나는 같은 사람처럼 느껴지기도 하고, 완전히 다른 사람처럼 느껴지기도 한다. 그때 나는 무슨 이야기를 하고 싶었던 걸까?

처음에는 혼자인 아이의 이야기를 하고 싶었다. 그리고 그 아이가 마지막에 다시 혼자가 되는 이야기. 그런데 이야기라는 것이 그렇게 간단한 게 아니었다. 내 마음속에서 걸어 나온 아이들의 말을 귀 기울여 들어야 했다. 그러자 처음에는 생각지도 못했던 다른 아이들도 만날 수 있었다.

이 세상에 태어난 이상 우리는 모두 외톨이일지도 모른다. 한 명 한 명에게는 각자의 세상이 있다. 그건 다르게 생각하면 꽤나 멋진 일이기도 하다.

이 책이 세상에 나올 수 있게 도와주신 모든 분들께 깊이 감사

드린다. 특히 청소년 심사위원들에게서 나는 계속 글을 쓸 힘을 얻었다.

마지막으로 이 글을 읽고 있는 당신에게.
『트윈』을 읽어 주셔서 감사합니다.
이 이야기가 내일로 향할 힘이 되었으면 좋겠습니다.

유진서

★★★★★
청소년 심사위원단 심사평

더 멋지고 더 넓은 세상으로 나아가기 위해, 자신의 세계에 안주하지 않고
바깥으로 나올 용기가 필요한 청소년들에게 추천하고 싶은 책. **고나희 석우중학교**

친구들에게 보여 주고 싶은 완벽한 소설. **권승윤 논여울중학교**

많은 매체에서 다루는 청소년 마약 사건 그리고 요즘 이목을 끌고 있는
다중 우주 설정을 연관 지어 흥미롭게 구성한 책. 현실에서 도피해 자신만의
이상 세계에 안주하며 살아가고 싶은 사람이 읽는다면 미래의 나는 현재
나의 선택으로 인하여 뼈저리게 후회할 수도 있다는 것을 일깨울 것 같아
나는 이 책을 머리맡에 두고 읽을 것이다. **김나예 현대고등학교**

이렇게 술술 읽히는 책은 오랜만이다. 삶의 의미를 잃어버린 청소년들에게 용기와
희망을 불어넣는 이야기라고 생각한다. 또한 요즘 사회의 문제성으로 제기되는
청소년 마약을 활용한 점도 눈에 띄었다. **김민성 서울목동중학교**

인생에 있어서 고통, 고난, 역경이라는 무겁고 어려운 주제를 내향적인 아이가
학교생활의 어려움으로 발버둥 치는, 공감 가능한 소재를 이용해
풀어내 이해하기 쉽고 몰입감을 더해 주었다. **김송연 고헌중학교**

불완전한 '내일'의 가능성을 믿는 것이 진정한 희망임을,
유주의 선택을 통해 깨닫게 된 소중한 메시지. **김수아 고양신원중학교**

꿈을 꾸는 것은 앞으로 나아갈 길을 인도해 주는 이정표가 될 수도 있지만,
꿈에만 매달려 현실을 소홀해서는 안 된다는 것을 알려 준다. **김아연 대안여자중학교**

고통스럽고 힘든 날들이 계속되어도 왜 견디고 버텨 내야 하는지,
이 책이 그 이유를 알려 주었다. **김예은 문일여자고등학교**

청소년들의 마음과 소망을 완벽하게 녹여 흥미로움, 긴장감,
공감까지 모두 느끼게 하는 한 편의 영화 같은 책. **김주하 불암중학교**

누구나 한 번쯤 겪었거나 겪어 봤을 법한 학교생활과 '청소년 마약 문제'와
'다중 우주 속 나'를 소재로 이에 대한 문제를 생각해 볼 수 있고, 몰입이 쉬우며
주인공에 관한 개연성 또한 맞아 두 마리 토끼를 한 번에 잡은 유익한 책. **김주혁 거성중학교**

현실은 예측하거나 조종할 수 없기에, 스스로 만들어 가는
하루의 가치를 되새겨 주는 이야기. **김진서 김해중앙여자고등학교**

어찌 됐든 우리는 현실을 살고 있으니까,
행복한 꿈에 안주해서 눈을 돌리면 안 되는 거야. **나현욱 김포제일고등학교**

읽는 내내 나는 유주가 되었다. 1인칭 주인공 시점이지만 마치 전지적 유주 시점으로
이야기를 읽는 것 같아 책을 읽는 그날그날 나의 기분에 따라 달리 느껴질 수 있는
신비로운 책이다. **박민아 서울정신여자중학교**

현실과는 다른 세계에서 자신이 원하는 모습, 모두가 승자인 세상이 되면 어떻게 될지
예측해 주는 책. **박서영 브랭섬홀아시아**

마치 내가 주인공이 된 듯 감정과 배경, 행동에 공감하여 몰입한 책.
마지막 장을 덮기 전까지 책을 놓지 못한다. **박서현 고운고등학교**

각자 자신의 꿈속에서 원하는 모습으로 살아가며 그것에 중독되고
결국 현실을 놓아 버리려는 사람들을 보며 마음에서 무언가 꿈틀거렸다. **박세호 대자중학교**

외로운 친구에게 "넌 빛날 수 있어."라고 응원해 주는 응원 문구를
한 권에 담은 책. **박소율 남동중학교**

완벽한 나를 꿈꾸는 우리 모두에게 작가가 전하는 메시지. **박지연 영훈국제중학교**

현실의 나보다 더 나아지고 싶다는 욕망이 투영된 꿈은 결코 현실이 될 수 없는
도피처일 뿐이기에 마주하고 싶지 않은 현실이라도 결국은 받아들이고
헤쳐 나가야 한다고 말해 준다. **박찬희 반송고등학교**

나의 꿈꾸는 이상이 실현된 세계가 있다면? 트윈의 세상에
언제까지 머물 수 있을지 상상하며 푹 빠져들었다. **서윤지 강명중학교**

이상을 좇다 현실을 놓친 사람들. 꿈속은 달콤했지만 내일이 없고,
현실은 내일이 있지만 꿈이 없다. **성시후 신봉고등학교**

굉장히 스토리가 탄탄하여 무 뿌리 같고 클라이맥스에서
시원하게 무를 뽑는 듯한 느낌이어서 좋았다. **신예령 한별중학교**

'내일'의 소중함을 깨달으며 마지막 페이지에 도달하게 된다. **우지인 동진여자중학교**

우리에게도 이런 약이 있다면 어떻게 될까 하는 재미있는 상상을 하게 되는 책. **윤은지 상문고등학교**

무엇이 나를 살아가게 할 수 있을까, 우리가 살아가는 사회는 어떤 방식으로 우리를
평가하는 걸까, 그 평가가 윤리적으로는 정당하지 않음에도 계속 우리의 마음을 지배하는 이유가
무엇인가에 대한 답을 유주의 마음을 따라 이해하고 공감하며 얻게 했다. **장채원 속초여자고등학교**

책을 읽는 내내 내가 마치 평행 세계 안에 있는 느낌이 들었다. 판타지의 클리셰를 깬 듯한 소설!
정인후 화곡중학교

많은 청소년은 자기 자신을 부정적으로 바라보고 스스로에게 상처를 준다.
이 책은 완벽함을 추구하는 많은 청소년에게 자신감과 교훈을 준다. 청소년들이 이 책을 읽고
있는 그대로의 자신을 사랑하게 되었으면 좋겠다. **황채원 선화예술중학교**

제3회 위즈덤하우스 어린이청소년 판타지문학상 청소년 심사위원단

강주원(광교호수중학교)
강지민(용신중학교)
고나희(석우중학교)
공이현(상명대학교사범대학부속여자고등학교)
권승윤(은여울중학교)
김나언(두일중학교)
김나예(현대고등학교)
김린경(성서중학교)
김민성(서울목동중학교)
김민유(목포혜인여자중학교)
김민주(대송중학교)
김범수(화명중학교)
김송연(고헌중학교)
김수아(학익여자고등학교)
김수아(고양신원중학교)
김아연(대안여자중학교)
김예원(브랭섬홀아시아)
김예은(문일여자고등학교)
김우진(옥포성지중학교)
김주하(불암중학교)
김주혁(거성중학교)
김지민(중산중학교)
김진서(김해중앙여자고등학교)
김하린(대구효성중학교)
김하진(강경상업고등학교)
나현욱(김포제일고등학교)
문주원(광주대자중학교)
문주하(한국삼육중학교)
박민아(서울정신여자중학교)
박서영(브랭섬홀아시아)
박서진(중산중학교)
박서현(고운고등학교)

박서현(용인초당중학교)
박세호(대자중학교)
박소율(남동중학교)
박연서(산울중학교)
박예손(청계중학교)
박지연(영훈국제중학교)
박지후(창일중학교)
박찬희(반송고등학교)
박채원(풍양중학교)
백주아(가재울중학교)
변규미(대영중학교)
서윤지(강명중학교)
성시후(신봉고등학교)
성예림(대자중학교)
성윤진(대자중학교)
손별(풍양중학교)
송선우(노곡중학교)
송유진(과천중학교)
신승연(유가중학교)
신예령(한별중학교)
신지우(신동중학교)
신혜인(성재중학교)
양태양(월촌중학교)
여지우(배화여자중학교)
염혜진(청아중학교)
오아린(대전관평중학교)
오현서(인천구산중학교)
우지인(동진여자중학교)
우혜나(동진여자중학교)
유현지(김포한가람중학교)
윤다인(서울덕수초등학교)
윤수아(신암중학교)

윤은지(상문고등학교)
이가원(강일중학교)
이다인(원묵중학교)
이민정(인천신현고등학교)
이서린(인천신정중학교)
이서연(옥동중학교)
이은서(수원북중학교)
이하연(동작중학교)
이효은(부천중원중학교)
임서연(서울구암중학교)
임수진(성덕여자중학교)
임채린(한영외국어고등학교)
장정환(경주공업고등학교)
장채원(속초여자고등학교)
전지우(전주온빛중학교)
정다혜(무학중학교)
정서윤(부산동백중학교)
정인후(화곡중학교)
정채윤(동항중학교)
정하윤(분포고등학교)
정희원(서울영상고등학교)
조재관(명덕고등학교)
차해은(하양여자중학교)
최승훈(광주서석중학교)
최예원(원평중학교)
최율(인천만월중학교)
하연주(동진여자중학교)
하태유(인천마장초등학교)
홍수림(흥덕중학교)
황채원(선화예술중학교)

제3회 위즈덤하우스 어린이청소년 판타지문학상 심사 과정

STEP 1.
독자 심사위원 선발

수상작 두 편을 꼼꼼히 읽고 대상과 우수상을 선정해 줄 청소년 심사위원단 120명을 선발했습니다. 청소년들이 보내 준 심사위원에 임하는 각오와 도서 리뷰가 심사위원을 선발하는 기준이 되었습니다.

STEP 2.
위촉증과 수상작 두 편 발송

선발된 청소년 심사위원단에게 위촉증과 수상작 두 편을 전달하며 본격적인 심사가 시작되었습니다.

STEP 3.
작품 함께 읽기

청소년 심사위원단들이 모인 밴드에 날마다 읽을 분량과 함께 질문이 올라오면, 심사위원단이 함께 읽고 질문에 대해 자신의 생각을 남겨 주었습니다. 이렇게 한 주 동안 하나의 작품을 읽고 작품에 대한 감상을 정리했습니다.

STEP 4.
줌 심사 모임

댓글로만 소통하던 심사위원단 친구들과 줌에서 만났습니다. 선생님과 함께 서로 배려하고 경청하며 작품에 대한 이야기를 나누며, 한층 작품에 대한 이해가 깊어졌습니다. 책을 좋아하는 친구들과 함께 책 이야기를 맘껏 나누는 행복한 경험이었습니다.

STEP 5.
별점과 한 줄 평 남기기

함께 읽고 정리한 감상을 토대로 청소년 심사위원단이 직접 각 작품에 대해 별점을 남기고 대상과 우수상을 선택했습니다. 마지막까지 진지하게 작품을 읽고 소중한 한 표를 던져 준 심사위원단에게 감사 인사를 전합니다.

*청소년 심사위원단 신청 방법은 위즈덤하우스 홈페이지 공지사항을 참고하세요.

텍스트T 016

트윈

초판 1쇄 인쇄 2025년 8월 29일 초판 1쇄 발행 2025년 9월 17일

글 유진서
펴낸이 최순영

어린이 문학2 팀장 김선현
편집 김아름
키즈 디자인 팀장 이수현
디자인 진예리

펴낸곳 ㈜위즈덤하우스 **출판등록** 2000년 5월 23일 제13-1071호
주소 서울특별시 마포구 양화로 19 합정오피스빌딩 17층
전화 02)2179-5600 **내용문의** 02)2179-5707
홈페이지 www.wisdomhouse.co.kr **전자우편** kids@wisdomhouse.co.kr

ⓒ 유진서, 2025

ISBN 979-11-7171-480-3 43810

* 이 책의 전부 또는 일부 내용을 재사용하려면 반드시 사전에 저작권자와
  ㈜위즈덤하우스의 동의를 받아야 합니다.
* 인쇄·제작 및 유통상의 파본 도서는 구입하신 서점에서 바꿔 드립니다.
* 책값은 뒤표지에 있습니다.